Flag 3.
じゃあ、ずっとアタシだけ見てくれる？
七菜なな
イラスト／Parum
男女の友情は
成立する？
いや、しないっ!!
JN068250

Prologue

終・二輪の花

友情に落ちるのが一瞬なら、それが失われるのも一瞬のことだろう。

俺の人生が小説なら、あるいは映画なら。

減っていくページ数が、残りの上映時間が、この友情の終わりが近づくことを教えてくれるだろう。クライマックスの前にはわかりやすい盛り上がりがあるし、最大の危機は事前に伏線として匂わせてくれるはずだ。

でも、これは現実だから。

前触れもなく終わりがきて、その運命は避けられない。

花はいつか枯れる。

プリザーブドフラワーに加工しても、時間が経てば色あせて、最後には朽ちてしまう。俺がしていることは、いつだって長引かせているだけ。

永遠に続くものなんて、ないんだよ。

……そんなことを考えたのは、中学二年生の冬の日だった。

日葵と出会って、二ヵ月が経っていた。

世間では、クリスマスを一ヵ月後に控えたある日。

冷たい風が吹くようになって、登校前に咲姉さんが「あんた、風邪ひくからコレ着ていきなさい」とコートを貸してくれた。

こんな優しいこと言うなんて珍しいと思っていると、その後に「あんたの看病するのわたしなんだから、面倒くさいことさせないでよ」ということだった。咲姉さんが優しいなんて槍でも降るのかと思ったから、ちょっと安心したのを覚えている。

田舎といえども、やはりクリスマスは特別だ。商店街は打倒イオンを掲げて年末商戦に浮足立つし、気の早い土建屋さんのお宅では眩いばかりのイルミネーションで家が飾られる。

俺だって、そうだった。

日葵という親友と迎える、初めてのイベントらしいイベントだった。

クリスマスには、生け花教室で個展が開かれる。俺もそれに出品するために、今、フラワーアレンジメントを制作していた。日葵がそれを見にきてくれるのだ。

すごく張り合いがあった。これまでは自分のために……あるいは、顔もおぼろげなあの子のために作品を作っていた。誰かに見せたくてアクセを作るっていうのは初めてのことだった。

で、そのころに小さな変化が起こっていた。

学校に着くと、下足場で男子から話しかけられた。

「よ、夏目。おはよう！」

「あ、おはよう……」

同じ二年生の、爽やかな雰囲気の男子だった。短髪の刈り上げ、身体はがっしりとしていた。バスケ部のレギュラーらしい。なんか大人っぽくて、とても俺と同じ中学二年生だとは思えなかった。

彼はコートのファーを触りながら、気やすい感じで笑った。

「へえ。そのコート、なんか可愛いな？」

「あ、これ姉さんから借りた……」

「アッハッハ。どおりで、レディースっぽいと思った」

「へ、変かな……？」

「夏目って小柄だし、いいんじゃない？」

そう言って、自然に肩を組んできた。それがなんか『男の友だち』って感じで、俺はむずかゆくて嬉しかった。

小さな変化とは、俺に日葵以外の友だちができたことだ。

クラスは違ったけど、ある日の体育で話しかけてくれたのが始まりだった。それからよく話すようになって、たまに一緒に帰るときもあった。普段はすごく大人っぽいのに、笑うときに人懐っこそうなえくぼができるのが印象的だった。

「そういえば、日葵ちゃんは？」

「今日はまだ会ってないよ。でも、そろそろできそうな……」

まるで狙いすましたかのように、後ろからポンと背中を叩かれる。

振り返ると、ぷにっとほっぺたを人差し指で突っつかれた。俺の最初の親友であるところの女子生徒が立っていた。

「やーい。悠宇、引っかかったー」

「ひ、日葵。そういうのやめて……」

白い肌で、ほっそりとした体軀。

アーモンドのような大きな瞳は、瞳孔が透き通るようなマリンブルー。

流れるようなロングの美しい髪は、やや色素が薄めで緩いウェーブがかかっている。

どこか透明感のある、妖精のような美少女。

犬塚日葵。

9月の文化祭をきっかけに、なぜか俺の親友になった同級生の女子。

うちの学校でも一番の美少女として名高く、その男泣かせな逸話の数々で『魔性』とまで呼ばれる存在だ。

日葵はヨーグルッペの紙パックをちゅーっと飲みながら、何やら微笑ましそうにニコニコしている。それに隣の彼が、にこやかに話しかけた。

「日葵ちゃん。おはよっす」

「おはよー。今日も仲いいねー」

後半のほうは、俺のほうをにこーっと見ながら言った。

なんか「第一親友のアタシより先に二番さんのご機嫌取りとはいい度胸じゃねえか躾けが足りねえな？」って感じの妙な圧を感じる。いやいや、そもそも先に向こうと顔合わせたんだから当然でしょ。まさか日葵に挨拶するまで他の全員無視しろと？　無理ゲーすぎでは？

すると日葵が、やはり俺のコートのファーを触りながら言った。

「うわ、悠宇。このコートお洒落じゃん？　どうしたの？」

俺を挟んで逆側にいた彼が、俺より先に笑いながら言う。

「お姉さんから借りたんだと」

「あー、それでなー。どおりで可愛いと思った」

「でも夏目って小柄だし、なんか似合わね？」

「わかるー。悠宇って顔つき可愛めだし、ユニセックスな感じ悪くないよなー」

リア充ズの品評会に、俺はすごく気まずかった。

てか、周囲の視線がさらにやばいのだ。これまでは『日葵とそのペット』だったのが、さらに一人増えたことで急に『リア充グループ』の空気を放つようになっていた。そこに紛れ込んだ異分子の居心地の悪さったらない。

　むしろ、俺がいないほうが絵になるような気さえした。スポーツマンの彼と、気やすい女友だち系の日葵。どう見たって、俺が邪魔なのは明らかだ。

　それでも二人は、そんなこと気にしなかった。まるで入学時から一緒にいるような気やすさで、俺のことをいじっている。

「ね、悠宇？　今度、女装チャレンジしてみる？」

「しないよ!?」

「我ながらナイスアイデアじゃーん。アタシがばっちりお化粧してあげるからさー。一生の思い出に、可愛くしちゃおうぜー？」

「日葵が見たいだけだと思うんだけど……」

　すると彼のほうも声を上げて笑った。

「いいじゃん。いっそ日葵ちゃんと二人で、イオンでナンパ待ちしてみねえ？」

「何その罰ゲーム!?　絶対嫌なんだけど！」

「大丈夫だよ。マジで連れていかれそうになったら、俺がカレシですって止めてやるから」

「そういう問題じゃないけど!?」

　それには日葵も爆笑していた。

その頃から、俺たちは三人で行動するようになっていた。日葵に鍛えられたおかげで、俺も他の男子と普通に会話できるくらいになっていた。

それが壊れたのは、それから二週間くらい後のことだった。

12月に入って、いよいよ寒波が厳しくなった。

咲姉さんから借りたコートはいつの間にか俺のものみたいになっていて、学校に行くときにはいつも着ていた。日葵たちに似合うって褒められたのが嬉しかったわけじゃなくて、他に欲しいコートがないだけなんだからね、みたいなツンデレなことを何度か思っていた。

昼休みに、例の彼がクラスにやってきた。

「よ、夏目！　飯、行こうぜ！」

「うん、わかった」

その頃には、三人で一緒に科学室で昼食をとるようになっていた。彼には俺の趣味も教えたし、「これ文化祭で女子が着けてたやつじゃん。マジすげえな！」と理解を示してくれた。

例の『陰キャの悠宇をお迎えイベント』も、日葵だったり彼だったり日によって違った。クラスメイトたちの間では『今日はどっち？』という謎のトトカルチョ遊びが流行っていた。

いつものようにコンビニパンを持って、俺は彼と一緒に科学室に向かった。

「日葵ちゃん、今日は委員会だってさ」

「あ、そうなんだ」

「女子もいねえし、たまには猥談するかあ！」

「食事しながら下ネタトークってきつくない……？」

科学室に着くと、さっそく食事になった。

俺はパンの中から、彼の好きなカレーパンを渡した。最初の日に俺が日葵にカレーパンを渡しているのを見て、彼も好きなんだと言った。それから、余りがあれば一緒に持ってきていたのだ。

いつものように他愛ない話をしていた。その日は確か、昨日のテレビ番組だったと思う。日葵の影響で、その頃から俺もよくテレビを見ていた。日葵はマツコ・デラックスとか有吉みたいな容赦のないタイプの芸能人のトークバラエティが好きで、彼のほうはコメディドラマや音楽番組をよく好んだ。

その中で、彼がちょっと緊張しながら話を切り出した。

「なあ、今度のクリスマスだけどさ」

「どうしたの？」

「いや、おまえと日葵ちゃん、なんか用事あるって言ってたじゃん？」

「えっと。俺の生け花教室の個展を見にくるって言ってたけど……」

もしかして、一緒に遊ぼうと考えてくれていたんだろうか。男の友だちから誘われたことなかったし、俺は嬉しくなった。

「じゃあ！　よかったら、個展の後に三人で……」

「いや、そういうことじゃなくてさ！」

つい大きくなった俺の言葉を、彼はそれ以上の声量で遮った。

どういうことだろう。俺は何か間違ったこと言ったか？　それとも、俺が友だちだと思ってるだけで、彼はそんな風には……みたいな思考が頭の中をぐるぐる駆け巡っていた。

しかし彼からの言葉は、俺の予想だにしないものだった。

「クリスマス……日葵ちゃんと二人きりにしてくれねえか？」

「え……」

俺がぽかんとすると、彼はちょっと視線を逸らした。

意味は、わかった。わからないはずがない。おそらく彼は、俺が日葵のことを異性として好きなのだと勘違いしているんだろう。

(俺との個展の約束は、どうしてもってわけじゃないけど……)

ふと、日葵の笑顔が浮かんだ。

実際に見た記憶じゃない。個展にきたとしたら、という俺の妄想の中の日葵だった。その日葵は私服姿で、ユニクロのライトダウンを高級ブランドみたいに着こなしていて……そして俺の作品を前に、これまでで一番眩しい笑顔で「いいじゃん」と言ってくれるのだ。

それが脳裏によぎって、すぐ消えた。

俺はへらっとした笑顔で言う。

「……わ、わかった。いいよ」

てか俺に許可取る必要ないから、とか、うまくいくといいね、とかいう言葉が口から出た気がする。けど、よく覚えてない。

俺はそのことを、嬉しく思った。

日葵が恋愛を悪いものだって思い続けるのは、俺も嫌だ。

親友には、楽しい時間を過ごしてほしい。そう思うのは当たり前だ。そりゃ本人には余計なお世話かもしれないけど、俺だって日葵のこと考えてるんだよ。彼だったら、日葵が恋愛嫌いになったあの元カレみたいな馬鹿なことはしないから大丈夫だ。お似合いだよ。

そう嬉しく思ったのに、なんか異様に胸が苦しかったのも……同時によく覚えていた。

「個展が中止になったんだ。

理由は、ええっと……あ、生け花教室の先生が、ちょっと植木鉢につまずいて脚を骨折……いやいや！　お見舞いとかいらないっていうか、骨折じゃなくて捻挫くらいかな？

とにかく中止になっちゃってさ。え？　じゃあ映画……あー、その、実は個展が中止なら店番変われって咲姉さんが……そうそう、三番目の。デートなんだって。

だから、その日は無理……ごめん」

……という会話を日葵としたのは、クリスマスの三日前の終業式の日だった。

そしてクリスマス当日。市立図書館に併設された市民ホールの一区画を借り、生け花教室の個展が開かれていた。

俺は長机に座って、来賓の受付をしていた。

その日は寒かった。ホールの中にいるのに、息が白く見えた。もっとエアコン効かせてくればいいのに、と口に出さずに文句を言った。

個展が中止になったのは、もちろん嘘だ。日葵に諦めてもらい、彼が誘いやすくするための嘘。

そして咲姉さんがデートというのも嘘だ。……あの傍若無人な姉さんと付き合える男とか、逆に見てみたいよ。

そして日葵との予定がなくなったからといって、ほいほいと別の予定で埋められる性格ではない。日葵が彼と遊んでいるのに自分だけ予定がないのはなんとなく嫌だったし、こうして個展の手伝いをしているわけだ。

とはいえ、見にくるのは先生や生徒たちの知人ばかり。一時間に二、三人もくればいいほうだ。その間ずっと座っているので、これはこれですごく退屈だった。

お昼が過ぎたくらいに、展示室から生け花教室の先生がでてきた。

30代前半くらいの、黒髪の美女だった。凛とした佇まいで、大人っぽい人だ。俺は母さんとソリが合わないし、ある意味、俺の母親代わりみたいな人だった。

生け花教室のときは和服だけど、今日はスーツ姿の麗人風だった。どちらにせよ、凄まじく似合っている。

その先生が、俺に言った。

「夏目くん。お昼に行こうか」

「受付はいいんですか？」

「ここの職員さんに頼んでるから大丈夫。お客さんの前でお腹を鳴らすほうが失礼だからね」

「あ、なるほど……」

確かにその通りだった。

市民ホールをでて、近くのとんこつラーメンのお店に入った。昔ながらの雰囲気で、こっちから調理場が丸見えだった。

先生はカウンター席に座ると、メニュー表を見ずに言った。

「わたし、とんこつラーメン。この子には、チャーシューメン大盛り」

「あの、俺、普通のでいいんですけど……」

「遠慮しなくていいよ。今日の手伝いのお礼だと思って」

金額の問題じゃないんだけど……。

凛とした佇まいに、豪快な性格を内包した人だった。

やがてラーメンがきて、俺たちは一緒に手を合わせた。豪快に盛られた薄切りチャーシューに、つい俺のお腹が鳴った。先生がクスッと笑って、俺はつい顔を逸らす。

レンゲでスープをすくって口にした。冷たい風で冷えた身体に、あっさりめのとんこつスープが沁みる……。

壁に設置されたテレビでは、県内のニュースが流れていた。先生はそれを眺めながら、すごく上品な仕草でラーメンをすすっている。

「しかし、夏目くん。クリスマスに個展の手伝いしてていいの？」

「え？　それは、どういう……？」

「中学生なんだから、友だちと遊ぶ予定とかあるんじゃない」

「あ、そういうことですか……」

俺は少しだけ迷って、素直に白状した。

「……本当は、今日、友だちが個展を見にきてくれるって言ってたんですけど」

「本当は、ってことは？」

「ちょっと、予定が入っちゃって。他の友だちと遊びにいってます」

「ふうん。そりゃ残念だったねえ」

自分から聞いたくせに、先生の返事は淡泊だった。

いつもこんな感じ。でも、それが逆によかった。無理に共感しようとか、同情しようとか、
そういう気構えを感じないのは、俺にとってすごく接しやすい。だからこそ、彼女の生け花教室は心地よかった。

「もし自分の友だちに、自分より一緒にいてためになるやつがいるとしますよね。そういうとき自分と遊ぶよりも、そいつとの仲を取り持つのが本当の友情だと思うんですけど。先生はどう思いますか？」

「んー。難しいことを聞くねえ」

先生はラーメンに塩コショウを振って味変を試みながら、フッと優しく微笑んだ。

「花と一緒だよ。種を一粒ずつ植えるより、二、三個くらい一緒に植えたほうが元気に育つこともある。きみもいずれ、大人になったらわかるかもね」

「先生……」

あ、これ本気で興味ないから聞き流そうとしてるやつだ。

そもそも何を言いたいのかわかんないし。よくも悪くも、すごく素直な性格なんだよな。

ラーメンを食べて、俺たちは市民ホールに戻った。

お腹が満たされて完全に眠くなった午後三時すぎ……俺が受付に座って舟を漕いでいると、来賓があった。

「ここに名前書けばいいの？」

「……っ⁉　あ、は、はい！　こちらに、なみゃえとでんわばんごうを……」

慌てて起きた瞬間——ピロンッとスマホの電子音が鳴った。

そのせいで、一発で目が覚めた。……いや、目が覚めていても、夢を見ているような心地だった。

日葵だった。学校が休みなので、もちろん私服姿だ。ユニクロのライトダウンにボーダーのシャツ。以前、イメージしたままの格好だった。

日葵は「ぷぷぷっ」と噴き出しそうなのを堪えながら、にまーっと俺を見下ろしている。俺にスマホのカメラを向けていたのだ。

「……は？」

「どしたー？　受付は個展の顔だぞー。寝ちゃダメじゃーん♪」

日葵はニコニコ笑いながら、俺の頭をペンの尻でぺしぺしと叩いた。痛くはなかったけど、これは確かに現実だとわかった。

「な、なんでここに……？」

「えー。だって悠宇のお家のコンビニに行ったら、お店の人に『悠宇は個展に行った』って言われたんだもん。例の先生の脚は……って、聞くまでもないか。いやー、悠宇に嘘つかれるとは思わなかったなー。なんか新しい一面って感じ。てか、咲良さん美人すぎじゃん？　悠宇の話聞いてて、もっと性格悪そうな嫌味っぽい人かと思ってた。あんな美人なお姉さんなら、紹介してくれればいいのにさ。あと悠宇のお家のコンビニってヨーグルッペ置いてな……」

いやいやいや。ちょっと落ち着いて？　そんなに情報で殴らないで？　寝起きの頭には、ちょっと処理しきれないんだよ。

やっと冷静になった。

つまり、えっと、俺が聞くべきは……。

「あの、あいつと遊びに行かなかったの？」

「んー？　行ったよー。でもすぐバイバイしちゃった。だって悠宇いなかったんだもん」

受付に自分の名前を書きながら、日葵が何でもないことのように言った。

それを書き終わると、日葵がにこーっと笑った。……背筋がゾッとした。あ、これガチめに怒ってるときの顔だ。

「てか、悠宇。アタシ恋愛とかもうヤダって言ったじゃん。それなのに、なんでああいうことしちゃうかなー？」

「い、いや、その、えっと……」

「アタシ、悠字も一緒だって言われて遊びに行ったんだよ？　悠字は急にこられなくなったとか言われても怪しくてしょうがないよなー。それで帰ろうとしたら、いきなりマジっぽく告られるんだもん。うわちゃーって感じ」

「そ、それで結果は……？」

「見りゃわかるじゃん。てか、アタシああいう姑息なやつ嫌い。アタシが一人じゃ何もできないからって、隙あったのも悪いんだけどさー」

日葵はやれやれとため息をついた。

「ま、今回は悪いことされなかったからいいけどさー。本人に同意取らずにそういうこと仕組むの、あんまり褒められたことじゃないよ？」

「悪いこと……？」

「んー。いきなりキスしようとしてきたり？　フラれると、そういう力ずくでみたいなことする人いるからさー。本人は恋に酔ってるからいいだろうけど、こっちは野良犬に嚙まれるようなもんだし」

「そ、そっか。ごめん……」

素直に謝った。

言われてみれば、確かにそうだ。その気がない異性と二人きりにされても、日葵としては迷惑だろう。俺の考えは、完全に余計なお世話だった。

それでも、俺のやったことが絶対に無駄だとは思えなかった。

「でも、あいつもいいやつだしさ。俺なんかによくしてくれるし、フラワーアレンジメントっていう趣味も理解してくれる。俺は日葵のことも大事だけど、あいつも親友だと思ってるから。だから、俺の大事な二人が幸せなら嬉しいって思って……」

「……悠宇、それ本気で言ってる？」

え？

俺の必死の言葉にも、日葵はしらーっとしていた。いつものようにヨーグルッペを取り出すと、それをちゅーっと飲む。あまりの温度差にびっくりして、ここ飲食禁止ですよって言うの忘れた。

そして日葵は、きっぱり言った。

「あいつ、最初からアタシ狙いで悠宇に近づいてんだよ？」

「…………………」

そのとき、俺がどんな顔をしていたのか。

それは真正面から見ていた日葵しか知らない。

とにかく、いろんな感情が駆け巡っていたのは本当だった。日葵を疑うことはできなかった。

俺にとっては、やっぱり世界で一番の親友だ。ということは、俺が利用されたというのは本当のことなんだろう。

でもすぐに切り替えることはできずに、俺の口から変な音が漏れた。

「え？」

「悠宇、気づいてなかったんだー？　まあ、そういうの疑える性格じゃないもんなー。あいつ悠宇に話しかけるようになる前、アタシに何度かアピってきてたし。将を射んとする者は何とやらってやつ？」

「じゃあ、言ってくれれば……」

「いや、アタシもね？　ほんとにあいつが悠宇と仲良くなるつもりだったら、それはそれで悠宇にはプラスになるかなーって思ってたんだよ？　だから何も言わなかったわけだし？」

ただ、結果としては御覧のとおり。

馬は簡単に落とされたけど、将のほうは百戦錬磨の『魔性』の日葵。残念ながら、彼の小細工は通用しなかったというわけだ。

……余談だけど、それから一切、彼はラインの返事を寄越さなかった。新学期になって顔を合わせても、まあ、そんな感じだ。

俺は自分のアホさに嫌気がさした。

一人でぐでーっとなっていると、日葵はからからと笑っていた。

「これからは、浮気しちゃダメだぞー？」

「浮気て……」

恋人以外の異性とデートするのは浮気というけど、親友以外の友だちに気を取られるのは浮気というのだろうか。

とか思っていると、生け花教室の先生が展示室からでてきた。入口に屯するのはよくないから、さっさと中に案内しなさいと怒られてしまった。日葵を案内する間、先生が受付を代わってくれた。

それほど大きくはない展示室に、合計で10個ほどの作品が等間隔で並んでいる。それを順路に沿って、一つずつ紹介していく。ちょうど他に来賓はいなくて、ちょっと大きい声で会話しても問題ないのはラッキーだった。

俺が作ったものじゃなくても、日葵はよく聞いてくれた。

そして時折「いやー。他人の作品までそんな熱心に解説してくれるって、悠宇ってほんとお花好きだよなー」と茶化してきて俺を恥ずかしがらせた。

そして順路の最後から四番目。

そこに置いてあったのが、俺が作ったフラワーアレンジメントだ。

大きなヒマワリを使ったクリスマスリース。題名は、そのまま『真冬のヒマワリ』。他のは生け花とか盆栽みたいなものだけど、これだけ宙に吊り下げるタイプのアレンジメントだ。

先生の知り合いの農家さんがハウス栽培していて、それを購入した。時期的に、かなり珍しいのには変わりない。

それを見て、日葵がほうっと息を漏らした。

「これ、悠宇のだったんだ……」

「気づいてたの？」

「そりゃ他のが白とか青なのに、これだけすっごい黄色だもん。合わせてるオーナメントも赤とかで自己主張強いし、てっきり大人の生徒さんの作品かと思ってた。なんかいい意味で、悠宇っぽくないよなー」

そして「ほうほう」とか「うーん。細かいところに別の花が……」とあらゆる角度から堪能していた。

そしてふとヒマワリの裏側から、俺を見てにまっと笑った。

「もしかして、これってアタシをモチーフにした？」

「え？　……ど、どういう意味？」

「んー。アタシの名前にちなんで、ヒマワリにしたのかなーって思ってさ」

「ああ、日葵とヒマワリか……。どうだろ。なんとなく思いついただけ」

俺は言葉を濁した。

……あっさりと図星を突かれて、恥ずかしかったのだ。その通り、これは日葵に見せたくて作ったフラワーアレンジメント。

ヒマワリの花言葉は――『あなただけを見つめる』。

彼女の友情のまっすぐさを表す花。

俺っぽくないと言われたのは、ある意味で納得だった。だってこれを作ったのは、あの文化祭までの俺じゃない。

日葵と一緒にいるようになって、少しだけ人生が楽しい。そりゃ以前だって花と向き合うことは楽しかった。でも、孤独なのは確かだった。

誰かが隣で見てくれることがこんなに楽しいと思えたのは、きっと日葵のおかげだから。そのせいで失敗もしたけど、以前に戻りたいかと言われたら絶対にありえない。

だからこそ、この冬の個展にヒマワリを選んだ。どんなに冷たい季節でも、日葵がいるだけで人生が楽しいということを伝えたかった。

しばらく……いや、本当に長い時間、日葵は飽きもせずにそれを眺めていた。あまりに長いので、心配になった先生が何度か覗いて様子を見ていたくらいだ。

俺の情熱の化身を堪能した日葵は、ふとさっきの話を蒸し返した。

「アタシのこと考えてくれるなら、アタシだけどうにかしようとはしないでよ」

「どういうこと？」

「だってアタシが一人で幸せになったら、悠宇が一人ぼっちになっちゃうじゃん？　それはよくない。だって、アタシと悠宇は運命共同体だからさ」

「そうだけど、二人同時とか無理ゲーすぎない？」

「困難は高いほうが燃えるよー。二人一緒に、幸せになれる道を模索しなきゃねー」

冗談っぽく言ってるけど、日葵は本気だった。

ときどき思うけど、俺よりも日葵のほうがドリーマー気質では？　そんなことを思ったけど、口にするのは野暮だと思った。

「それ、どうすれば達成できるの？」

「とりあえずは、アレだねー。悠宇の浮気性をどうにかしなきゃさー」

「そ、それは、まあ、努力するけど……」

痛いところを突かれて、俺は押し黙った。

日葵は楽しそうに笑いながら、アレンジメントの裏側に回り込んだ。そしてヒマワリの向こうから、俺のほうに微笑みかける。

「じゃあ、ずっとアタシだけ見てくれる？」

その光景に、俺はふと胸を打たれる。

たぶん、これまでの言葉は嘘だった。俺はこのアレンジメントを日葵に見せたかったんじゃない。きっとこのヒマワリのように、俺だけを見てほしかったのかもしれない。

……やっぱり俺のほうが、よほどドリーマー気質かもしれないと思って苦笑した。

「わかった。俺は、日葵だけの運命共同体だから」

日葵は「ぷはーっ」と満足そうに笑うと、こっちにきて俺の肩にトンッと自分の肩をぶつけた。それがかなり気恥ずかしくて、俺はついそっぽを向いてしまう。

「そ、それで、このアレンジメントはどうだった？」

「んー……」

日葵は神妙な顔で唸ると、にっと笑った。

「50点かなー？」

「うっ……」

グサッときた。

思ったより低い、気がする。いや、100点とは言わないけど、きっと気に入ってくれると思った。でも、日葵はアクセに関して嘘は言わない。

「な、なんで？」

「んー。うまく言えないけどさ。いいのは確かだけど、まだ半分って感じするんだよなー。アタシをイメージしたんなら、もっとアタシのことわかってほしいっていうか？」

「日葵のことを、わかる？」

「そ。もっとアタシのこと知って、その上でまた作ってほしい。そのとき、また感想を言うからさー」

そして日葵（ひまり）は、太陽のような眩い笑顔（まばゆいえがお）で言った。

「だから、いつか完成したとき、次は一番に見せてね？」

「……うん」

残念ながら「いいじゃん」はお預けに終わった。でも、俺は不思議と悔（くや）しくはなかった。その約束だけで、俺は十分に満たされていたから。

冬のあとには、暖かな春がくる。

ずっと同じ季節が廻（まわ）り続けることを、俺たちは信じて疑わなかった。

あれから二年の歳月が過ぎ、いつもと違（ちが）う春を迎（むか）えた俺たちの友情の花は。

永遠なのか。

長引かせているだけなのか。

すでに夏の入口に立ってもなお——俺たちはまだ、その迷いから抜（ぬ）けだせずにいた。

◆◇◆◇◆

I

〝恋の終わり〟

◇◇◇

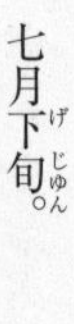

七月下旬(げじゅん)。

高校二度目の夏休みを明後日(あさって)に控(ひか)えた、平日の早朝。

アタシこと犬塚日葵(いぬづかひまり)の一日は、目覚ましより五分早く起きるところから始まる。

「んっ……」

ベッドの上で、大きく伸(の)びをする。

スマホのアラームが鳴る前にキャンセルして、ベッドから起き上がった。カーテンを勢いよく開けて、今日の天気を確認(かくにん)――うん、微妙(びみょう)！

梅雨(つゆ)は明けているのに、こうも曇(くも)り空(ぞら)だと参っちゃうね。ベラくそ可愛(かわい)い日葵(ひまり)ちゃんに似合うのは、雲一つない晴天だってのになー。

◆◇◆◇◆

さておき、天気が悪くとも学校には行かなきゃいけない。

アタシは浴衣を脱ぐと、丁寧に畳んでベッド脇に置いた。これは死んだお祖母ちゃんから借りてるんだから、粗雑に扱うわけにはいかない。お祖父ちゃんを怒らせると、お兄ちゃんなんかよりずっと怖いしね。

ふと部屋の隅にある姿見に、下着姿のアタシが映っていた。

「……うわ、美少女がいる」

一瞬、誰かと思っちゃった。こんな可愛い女の子が、この世にいていいの？　ほんとアタシってば神に愛されてるよなー。

……なーんちゃって。へっ。可愛いだけの女の子なんて、この世界には腐るほどいますよーっだ。

(せめて、コレがもうちょっと武器になれば話も変わってくるんだけどなー……)

ちょっとだけ寄せて上げてみる。

手応えが頼りないのは、もう気にしない。

乳はね、揉ませるものじゃないの。揉むものなの。それは男女で変わらない不変の真理。つまりおっぱい担当はえのっちだけで十分。オッケー？

さーて。バカやってないで学校行かなきゃ。アタシは手早く着替えると、鞄を持って部屋を出た。

キッチンから、トーストの焼けるいい香りがしてきた。

「おはよー」

そっちに顔を出すと、お兄ちゃんがいた。ビシッとスーツに身を包み、新聞を広げてコーヒーを飲んでいる。

お兄ちゃんは、優しい笑顔で言った。

「おはよう、日葵。母さんはもう畑に行ったから、朝食は自分で準備しなさい」

「うん。わかったー」

自分のトーストを焼いて、テーブルの上にあるサラダと目玉焼きを並べる。冷蔵庫からヨーグルッペを取りだして朝食の完成。

「お祖父ちゃんは？」

「祖父さんは、日課のランニングだ」

お祖父ちゃん、元気だなー。とても百歳間近だと思えない。

アタシの朝食が済むと、お兄ちゃんが新聞を畳んだ。ちょうど市役所への出勤時間と被るから、アタシを学校に送ってくれるのだ。

お兄ちゃんの愛車に乗って、学校に向かった。

そのときの話題は、だいたいコレだ。

「日葵。悠宇くんは最近どうだい？」

「まあ、いつも通りかなー」

「なるほど。そういえば、期末試験の結果はでただろう？」

「あ、昨日返ってきたやつは赤点回避してるっぽいよー。今日、あと三教科返ってくるから、それ次第だけど」

「それはよかった。また追試になったら面倒だからね」

「今回はアタシが見てたし大丈夫だって。お兄ちゃんは心配性だなー」

そんな穏やかな会話をしながら、学校に到着した。

車から降りて、お兄ちゃんにバイバイする。

さて、時間を確認。

実はまだ登校時間には早いんだよね。アタシには大事な仕事があって、そのために30分くらい早く登校してるわけ。

駐輪場の裏の花壇にやってきた。

ここはアタシたち園芸部のお花を植えている場所。先月までは何もなかったんだけど、今はアタシが植えたお花の苗がたくさんある。

それに朝の水やりをするのが、アタシの仕事なのだ。悠宇は朝が弱いし、えのっちはお家の洋菓子店のお手伝いがあるからね。

倉庫から如雨露を出して、運動場の水道から水を汲んでくる。花を避けながら、丁寧に水をかけていく。

お花に水をあげるときはいつも「可愛いね」って褒めてあげるんだけど、お花も「日葵様ほどではございません！」と言っているに違いないぷはははっ。

花壇の隅のほうに植えたコスモスの苗たちを眺めた。

コスモスはたくさん並んでるのが絵になるし、種類多めで植えたんだよ。特にお気に入りなのが……この鉢植えにしている黒いコスモス。

チョコレートコスモス。

コスモスにしてはシックな印象なんだけど、その名前の通りチョコレートの香りがする不思議なお花なんだよね。

コスモスは基本的に日なたで育てるけど、このチョコレートコスモスは半分日陰で育てる。だから移動できるように、これだけ鉢植えにしてるってわけ。

これらが開花するのは夏休みの終わりくらいになるけど、それまでばっちりお世話するからね。可愛いお花を咲かせるんだぞー♡

……と、それがアタシの普段の生活風景。

可愛さと献身を兼ね備えたアタシという存在に愛されて、いかに悠宇がラッキーな存在か。それが垣間見えるエピソードだよね。これで勉強もできるし内申点もいいんだから、ほんとに神様って不公平だよなー。

でも、そんなパーフェクトなアタシにも、最近は『悩み』があるんだぞ☆

水やりをしていたら、そろそろいい時間になってきた。さっきから、駐輪場を行き交う生徒たちも増えてきている。

アタシも教室に上がろうとしたんだけど……。

「あ、悠宇！」

向こうから、背の高い男の子が自転車を押しながらやってくる。

しれっと澄まし顔の、アタシの親友兼、仕事のパートナー兼、秘めたる恋のお相手。

それが夏目悠宇くんなのだ♪

その悠宇も、こっちに気づいた。そして、ちょっと後ずさった、、、。

アタシは気にせず、にこっと完璧なスマイル。手を振りながら、そっちに走り寄っていく。

「悠宇。おっはよーっ！」

そして振り上げた手を、いつものように悠宇の肩にターッチ！

——スカッと、アタシの手が空を切った。

しんと場が凍る。

もちろん時間が止まったなんてことはなく、周りの生徒たちは普通に登校している。アタシたちだけが無言で立ち尽くしていた。

んふふー。アタシとしたことが、参っちゃったなー。まさか、こんな至近距離で悠宇へのボディタッチを失敗しちゃうなんてなー。

ま、アタシだって人間ですし？　失敗の一つや二つはありますよ。でも問題なし。人間は失敗しないことじゃなくて、失敗してもやり直すことが大事なわけ。小さい頃、お祖父ちゃんからそうやって教わったもんね。

　ということで、ワンモア！

「悠宇。おっはよっ！」

　スカッと、アタシの手が空を切った。

……その悠宇はしれっとした顔で、ぺぺぺっとスマホをいじっている。覗き込もうとしたら、さりげなく画面を向こうにやられた。ラインだった。一瞬だったから見えなかったけど、たぶん相手は……えのっち。

「悠宇？」

「あ、日葵？　気づかなかったわ。おはよ」

「嘘じゃん!?　無意識で今の動きとか、武術の達人じゃん！」

「う、嘘じゃねえし。あ、今日もいい天気だな？」

「会話の切り替え下手すぎる上に、今日、曇ってんだけど？」

「あ、えっと、その、日焼け止め、とか……しなくていいじゃん？」

「いや、曇りの日こそ紫外線やばいし」

「そ、そっか。そうだったな。はは……」

そして会話が消える。

悠宇は無言で自転車を押すと、駐輪場に停めてきた。アタシの横に並んで歩きながら、ラインばっかりしている。

「あのさ、悠宇。歩きスマホ危ないよ？」

「ああ、うん……」

「…………」

「…………」

やめねぇー……。

意地でもトーク3秒で返してやろうって意気込みがうかがえる。てか、そんなにライン優先するタイプだった？　映画館でもスマホ見ちゃう女子かよ。

「フフ、フフフ……」

負けるもんかーっ！

意地でもアタシのほう向かせてやるかんな……っ！

「そういえば、悠宇さー。夏休みの計画とか考えてるー？」

「んー？　あー、そういえば期末テストの勉強ばっかりで忘れてたな……」

「でしょでしょー？　アクセ作りも大事だけど、やっぱり夏休みだし遊びに行きたいよねー？

卒業したら、こんな機会もないかもしれないしなー」

「そうだな。じゃあ、ちょっと遠出するか」

とか言いながら、悠宇の視線はスマホのラインから動かない。何かメッセージを素早くぺぺぺっと打った。

それはいい。ここまでは想定通り。

ここでアタシの攻撃が終わった、と油断したのが命取りよ。

アタシはそっと、悠宇の耳元で囁いた。

「二人で、お泊りとかしてみる？」

「……っ⁉」

悠宇が動揺して、スマホを落としそうになった。

──かかった！

スマホをぎりぎりキャッチした悠宇が、めっちゃ慌てながら怒鳴った。

「お、おお、おまえ馬鹿じゃねえの⁉」

ぷはーっ。

あんなに澄ました顔してたのに、一言で真っ赤っか。まったく、アタシから逃れようなんてのが間違ってるんだよなー。こちとら三年かけて悠宇検定マスタークラスまで昇り詰めた女ですよ。どんなこと言えば悠宇がおもしろリアクションするかわかってますし？

アタシはにまーっと笑って、悠宇に追撃した。

「えー？　今さら恥ずかしがることないじゃーん。アタシたち、もう切っても切れない親友なわけですし？」

「そ、そうだけど。さすがに男女で泊まりはダメに決まってんだろ……」

「悠宇さ。むしろ、うちの家族が許さないと思う？　たぶんお泊り行きたいとか言ったら、お兄ちゃんが懇意にしてる高級旅館に秒で予約入っちゃうよ？」

「確かに、そうかもだけど……」

悠宇ってば、もうたじたじって感じ。

んふふー。この期に及んでスマホいじってるけど、この形に持ち込んだら終わりですよ。アタシの勝ち確ってやつ。最高レア演出待ったなし！

「あ、それとも今さら、アタシのこと意識しちゃってるのかなー？」

伝家の宝刀『ぷっはーっ』につなげるための、フィニッシュブローをキメる！

「いや、そういうわけじゃ……」

悠宇が顔を真っ赤にしてたじろいだ。ボディはがら空き！　ここで「本気にしてやんのぷっはーっ！」をぶちかます！

はい、せーの！

「本きぶはっ⁉」

突然、アタシの口がふさがれた！

悠宇じゃない。背後から白い両腕が伸びている。アタシが恐る恐る振り返ると、赤みのある黒髪の美少女と目が合った。

えのっちが、じとーっとした目でアタシを見つめている。

「ひーちゃん。おはよ」

「お、おはよう。えのっち……」

そっと解放される。空気おいしい。

悠宇の初恋の女の子であるえのっちは、すごく自然な感じで悠宇の手を取った。その長い指が悠宇の指に絡んで、なんというか、その、すごくラブい感じ。具体的に言うと、恋人繋ぎ。

「あ、えのっち……」

「…………」

すっごく気まずい空気になっていると、えのっちがフッと笑った。そして「ゆーくん教室行こ」と言って、さっさと悠宇を連れて行ってしまった！

「あ、ちょ、悠宇……」

アタシが慌てて追いかけようとした瞬間、えのっちが振り返った。そして花びらのような可憐な微笑みを浮かべると、はっきりと言う。

「ひーちゃん。三人でお泊り、楽しみにしてるね」

うがっ！

アタシがつい固まると、さっさと行ってしまった。……その左手首の月下美人のブレスレットが、やけに目に焼き付いて離れなかった。

取り残されたアタシは、その場にがくっと膝をつく。

これが、アタシの最近の『悩み』。

……最近、悠宇がえのっちばかり構ってアタシに冷たいのだ。

昼休み。

俺は音楽室の裏側にあたる場所……平たく言うと裏庭だ。そこの校舎の陰になっているところで、榎本さんと並んで昼食を摂っていた。

……いや、本当に昼食を摂ってるだけなんだけど。

「ゆーくん。あーん」

「……あ、あーん」

なぜ俺は、榎本さんにお弁当を「あーん」しているのか。

こんなところを誰かに見られた日には、永遠のバカップル認定を受けて逃げられなくなってしまう。つい顔を覆って、もにょもにょ懇願した。

「榎本さん。もう勘弁してください……」

「ダメ。最後までやって」

「そもそも理由。コレ、何の羞恥プレイなの？」

すると榎本さんが、大きな胸を張ってどや顔で答えた。

「しーくん直伝、お昼は『あ〜ん♡』でラヴラヴ度アップ大作戦！」

「ネーミングがだっせえ……」

残念ってレベルじゃねえぞ。

誰が名づけたの？ いや、十中八九、真木島だろうけどさ。たぶん俺が嫌がるのまで込々の作戦なんだろうな。あと、普通は逆だよね？ なんで俺が「あーん」してるわけ？

俺がためらっていると、榎本さんは不満そうに唇を尖らせた。

「むぅ。ゆーくんが恥ずかしがると思って、ちゃんと隠れた場所にしてあげたのに……」

「それでも限度があるでしょ。こんなん男子高校生には黒歴史確定だよ？」

ネーミングがダサくても、やってることは普通にイチャイチャしてるだけ。

いくら榎本さんが可愛いって言っても……いや、むしろ可愛いからこそ死ねる。正直、榎本さんが無防備に目をつむって唇を突きだしてくるだけで喀血しそうだし、夏服になって大きく開けた襟からちらっと胸の谷間とか見えた日にはマジで理性が本能に服従しそう。

　とにかく、これ以上続けるのはマズい。俺がゆる～く続行拒否していると、榎本さんがスマホを見せてきた。

「ゆーくん。そんなこと言っていいのかなあ？」

「うっ……」

　ラインのトーク。今朝、登校するとき俺から送ったメッセージ。

『榎本さん』『help』『日葵が待ち伏せしてた』『今、学校いる？』

『返事、返事ください』『なんか日葵めっちゃ気合入れてんだけど』『これ絶対にぷはるつもりだ』『朝からカロリー高すぎ』

『なんかお泊りとか言い出した』『助けて』『もう無理』『日葵が可愛くて無理』『親友じゃいられなくなっちゃう』『なんでもするから』『なんで既読無視』『お願いたすk』

　今朝、俺が日葵を見つけた瞬間、榎本さんに送ったSOSの履歴。

　あの場から助け出してくれたお礼として、こうやって「あーん」とかしているわけだ。

「はい、あーん」

「ううっ……」

……終わった。

弁当箱を空っぽにすると、榎本さんは満足そうに午後ティーでブレイクタイムに入った。心なしか、お肌がつやつやしてる気がする。

(なんか汚された気分……)

俺は手元のコンビニパン……まだ一口も減っていないそれを見つめながら、一人でしくしく泣いた。ヨーグルッペでも飲んで落ち着こ……とか思っていると、ヨーグルッペを取り上げられる。

「え? 次はなんなの?」

「ゆーくん。わたしとご飯食べてるときはヨーグルッペ禁止」

「ええ。なんで……?」

代わりに榎本さんのと同じ、ペットボトルの午後ティーを渡される。それから有無を言わせないような圧のある笑顔で言った。

「女の子といるとき、他の女の気配がするのよくないと思う」

「他の女て……」

「だって、わたしにとってはもうライバルだもん」

榎本さんは「へっ」と笑うと、手作りのクッキーを口に入れる。……ちょっと雑にあしらってくるのも可愛いってズルい。

俺にもクッキーの小袋を差しだしながら、榎本さんが続ける。

「そもそもひーちゃんが可愛くて親友でいられないっていうなら、告っちゃえばよくない？」

「ええ……。榎本さんがそれ言う？」

「そのわたしに助けを求めてる時点で、ゆーくんも相当だと思うんだけど……」

「そっすね……」

正論すぎて何も言えない。

俺は両手で顔を覆いながらもにょもにょ言い訳した。

「いや、本当にごめんって思ってるんだけど、他に相談できる人いなくて。俺、仲いい友だちいないし……」

「しーくんは？」

「あいつにこんなこと相談したら、わざと嘘のアドバイスされた上で引っかき回される」

「確かに。……じゃあ、雲雀さん？」

「雲雀さんに日葵を意識してるなんて言ったら、即日で婚姻届けに拇印押させられる」

「ゆーくんの周りの人たち……はっきり言って変だよね」

「自覚してるから、はっきり言わないで！」

てか、榎本さんもそれに加わってるんですけどね？　言っちゃ悪いけど、こんな俺を好きでいる時点でかなり変人だと思う。

榎本さんはハッとすると、顎に指をあてて神妙な顔で考え込んだ。

「つまり、わたしはもう、ゆーくんにとってなくてはならない存在……？」

「う、うん？　まあ、そう言われればそうかも……」

「本命にこそしないけど、一応、キープしておきたい相手……？」

「言い方がエグすぎる⁉」

そういうこと言われても反論できないんだけど！

榎本さんはしれっとした顔で言った。

「冗談だよ。つまり、わたしはゆーくんにとって、もはや何でも相談できる唯一の相手ってことだよね？」

「ま、まあ、そうかな……」

榎本さんのジョーク、死ぬほどわかりづらい。せめて表情くらいは、いつものクールな感じから変化を加えてほしい。

「それって、これまでひーちゃんの役割だったよね？」

「うん？　あー、そうだな……」

「つまり、わたしは今やゆーくんの一番の親友ってことだよね‼」

「解釈がすごい前向き……」

でも、条件としては確かにそういうことなんだよな？

これまで、日葵に言えないことはなかった。

それゆえの親友だったんだけど、それが好きな相手に格上げされた今は言えないことも増えた。皮肉だ。

そして榎本さん、これでちょっと嬉しそうに「えへへ」って頬を染めるの……なんていうか、あんまりよくないと思います。

昼休みの予鈴が鳴る。

そんなこと言ってる間に、昼休みも残り少なくなってしまった。昼食のパンを無理やり口に詰め込んで、午後ティーで流し込む。

榎本さんも弁当を包んで立ち上がった。スカートを払いながら、ふと思い出したように言う。

「そもそもゆーくんって、ひーちゃんと付き合いたいの？」

「………」

その問いかけに、俺は正直に言った。

「わからん……」

「ふーん？」

榎本さんは浮かしたお尻を、もとに戻した。

「日葵のことは好きだけど、恋愛より店を出す夢を優先させなきゃって気持ちがあって。ただでさえ、これまでゴタゴタしてきたわけだし……」

仕事と恋愛。

どっちが大事かなんて、わかりきっている。

俺たちの基盤は、アクセショップを開くという夢なのだ。それを二人で達成するためには、俺だけ別の方向を向いているわけにはいかない。

そして榎本さんの返答は辛辣だった。

「そういえばゆーくん、そういう面倒くさいこと言い出すタイプだったね……」

面倒くさいって言われた……。

一人でずーんとなっていると、榎本さんは笑った。

「でも、いいと思う。それって夢も恋愛もどっちもほしいってことでしょ？　わたし、ゆーくんのそういう自分に正直なところが好きだし」

「うっ……」

そのまっすぐな瞳に見つめられ、ちょっと罪悪感がでてくる。

俺がなんと返事しようか迷っていると、榎本さんはぐっと拳を握った。

「それにゆーくんとひーちゃんがもたつけば、それだけわたしにチャンスあるし！」

この子、めっちゃいい笑顔で言うんですけど。榎本さんのそういう強いところ、マジで見習いたいです。

とうとう昼休み終了のチャイムが鳴った。

俺は榎本さんと別れると、一人で教室に向かって……。

「……んん？」

今、日葵がいたような……。

あの色素の薄い感じの髪色、見間違うはずないんだけど……まあ、気のせいか。日葵だったら声かけてくるだろうし。

放課後。

ようやく、期末テストの答案がでそろった。

最後は笹木先生の数学で、73点の答案を渡されるとき「チッ。今回は追試ナシ」とつまらなさそうに言われた。……あの先生、さては俺がまたやらかすの期待してたな？

そしてHRが終わって、帰る準備をしていた。

後は明日の終業式を残して、夏休みの始まりだ。

……とか油断していたら、いつものように日葵が後ろから抱き着いてきた。

「ゆっう〜。今日、お花のお世話が終わったらイオン行こーっ！」

「……っ⁉」

心臓が飛びでるかと思った。

日葵のやわっこい身体の感触と、なんや甘い香りが俺を包み込んでくる。日頃の耐性がなければ喀血するところだ。

(落ち着け、俺！　こんなスキンシップ、これまで平然と流してたろ。……いや、そもそも平然と流してるほうがどうかしてたんだけどさ！)

さすがにこの時間にもなれば、今朝のような醜態をさらすこともない。俺は深呼吸すると、ぎこちない笑顔を浮かべて日葵の腕をほどいた。

いきなり身体を離されて、日葵が不機嫌そうにじとーっと見る。

「な、なんだし……」

「べっつにー？」

なんか含みのある感じで、ぷいっとそっぽを向いた。……昼休みに戻ってきてから、ずっとこんな感じなんですけど。

「てか、イオン行きたいの？　なんか欲しい感じ？」

「あ、そうそう。もうちょっとで夏休みじゃん？　水着見に行こーよ」

「水着⁉」

「うわ、びっくりした。そんな大声で反応するところ？」

いやするだろ！

おまえ、付き合ってるわけでもない男子と一緒に水着選びに行くとか何を考えて……あ、そういえば去年も行ってたわ。どっちかっていうと、去年の俺が何考えてんのって感じ。

ど、どうする……？

いや、行くしかないだろ。ここで変に拒否ったら、それこそ挙動不審だし。

「……榎本さんも一緒じゃダメ？」

「え。なんでえのっち？」

「いや、そりゃ……」

女子二人で選んでもらってたほうが、俺としては気楽っていうか。

どうせ日葵のことだから、ちょっとえっちな感じの悪戯仕掛けてくるんだろ？　その対策は必要でしょ。

とか考えていると、またもや日葵が不機嫌そうにじとーっと見る。

「……悠宇。最近、やけにえのっちと一緒にいたがるじゃん？」

「うっ……」

俺が口ごもると、日葵がため息をつく。

「ま、いいけどさー。どうせ遊びに行くときは、えのっちも誘うだろうし」

そして何を勘違いしたか、うりうりとわき腹を小突いてくる。

「それに、悠宇だって初恋の子のおっぱいのほうが元気でるしなー？」

「な、何を言ってんの。アホじゃねえの？」

いや、そうやって誤解してくれるなら、それはそれで都合がいいんだけど。

さっそく榎本さんを呼びに、進学科のクラスに向かった。日葵と一緒に廊下を歩いていると、ちょうど榎本さんがこっちに向かってくるのが見える。

向こうも俺たちに気づいて駆け寄ってきた。

「ゆーくん、ひーちゃん。こんにちは」

「榎本さん、こんにちは。あのさ、これから遊びに行くんだけど……」

一緒にどうって言う前に、榎本さんが表情を曇らせる。

「今日、吹奏楽部のほうにでるから、園芸部は行けないって言おうと思って」

「あ、そういうこと……」

さっそく予定が狂って、俺がたじろぐ。それに気づいた榎本さんが、可愛らしく小首をかしげた。

「ゆーくん。どうしたの？」

俺が答える前に、日葵がにまーっと笑いながら余計なことを言った。

「これから、夏休みのために水着見に行こーって言ってたんだよなー？　ほんとはえのっちの水着を拝みたかったんだけど、それができなくて残念って感じ？」

「あ、日葵……っ⁉」

慌てて止めようとしても遅い。

榎本さんが、地の底から響くような声で繰り返した。

「………ひーちゃんと水着？」

ヒュオッと冷たい刃が俺の頬をかすめた……ような気がした。

榎本さんが、俺を手招きする。

「ゆーくん」

「は、はい……？」

廊下の陰になっているところに連れていかれると、ぐわしッと頭を掴まれる。そしてギリギリギリギリと締め上げられた！

（いだだだだだだだだだだだだだだだだだだ……っ‼）

これが日葵すら泣かせる黄金のアイアンクローッ‼

意識が飛びそうな一撃から解放されると、その場で頭を抱えてうずくまる。……声は出さなかった。偉いぞ俺。

「ゆーくん。わたしの水着が見たいんじゃないよね？」

「す、すみませんでした！　日葵がぶはってくると予想できますので、榎本さんに助けて頂きたかった所存です！」

「わかってるなら行かなきゃいいじゃん」

「そ、それは、その、えっと、親友が遊びに行こうって言ってるわけですから––……」

榎本さんの視線がグッサグサ刺さる。

なんか「あんだけ純情ぶってたくせに結局おまえもオトコってことだな？？？？」って責められてるような感じ。……はい。正直に言うと日葵の水着、ちょっと見たいです。

いやいやいや。でも好きな子の水着見たいとか男子として普通でしょ。去年も一昨年も見たけど、何度見てもいいものですからね？

俺への制裁を終えた榎本さんは、満足そうにペンペンと両手を叩いた。

「自分で頑張って」

「ごめんなさい……」

榎本さんは、さっさと階段を下りていった。

日葵のところに戻ると、不安そうな顔で聞かれた。

「ゆ、悠宇。どしたん？　なんか今、すごい邪悪な圧を感じたけど」

「いや、なんでもない。行こうぜ……」

不思議そうな日葵と一緒に、俺は花壇へと向かった。

放課後の花壇の手入れをして、俺たちはイオンに向かった。

到着するといつものインドカレー店で夕食を済ませて、日葵がご所望の水着売り場へと向かう。夏休み前ということで、衣料品コーナーの中でもかなり売り場が拡大されていた。

当然ながら、ここは男子禁制の大奥みたいなものだ。ただ、そこに存在してよい男性もいる。将軍様……じゃなくて女性のツレだ。

俺は日葵のツレなので、そこにいても大丈夫。

とはいえ、気まずいことには違いない。レディースのアクセサリーショップには普通に居座る俺でも、さすがにここはきつい。別にやましいことしていないのに、なぜか不審者のように見られるのツラすぎでは？

日葵はご機嫌そうに鼻歌を口ずさみながら……最近こいつも西野カナばっかりだよなあ。雲雀さんに影響されたのか？

とにかく、日葵が商品を物色しながら聞いてくる。

「悠宇。どれがいい？」

「俺、やっぱ帰るわ……ぐえっ」

「ちょー、ちょー、ちょー。ノリ悪いぞー？」

「だ、だからってネクタイ引っ張るのやめて？　真面目に首締まっちゃうからさ？」

帰らせてもらえなかったので、仕方なく買い物に付き合うことにする。

イオンにくる前はちょっとラッキーくらいに思ってたのに、いざこうやって周囲の独特な空気にさらされると、一気に外れくじ感が強くなる。

「てか、自分で選べばいいじゃん。今更、他人の評価がなきゃ不安ってキャラでもなくね？」

「んー。まあ、アタシだし何着ても似合っちゃうんだけどさー……」

日葵が黄色のフリルつきのビキニを手に取って、胸の位置に合わせる。

「だって悠宇に見せるために買うんだし、悠宇が好きなやつのがよくない？」

「え……あ、えっと、ええ……」

つい固まった。

それが悪かった。日葵がにまーっと笑う。

「あれれー？　悠宇くん、もしかしてドキドキしちゃいましたー？」

「う、うるせえ。おまえ、そういうのマジでやめろし……」

「ぷはーっ。悠宇ってば、一生引っかかってくれそうだよなー。ほら、こっちに可愛いのあるから行こ？」

さりげなく手を伸ばしてきたのを、慌てて避けた。

「…………」

一瞬、日葵が目を見開いたのがわかった。それでも俺は知らないふりで手をポケットに入れると、日葵の言ったほうに足を向ける。

「こっち？　あー、確かに可愛いの多いな」

「……むぅー」

背中に不満そうな視線が、もう刺さるのなんのって。

日葵は猫タイプだ。スキンシップは身体接触が多めで、触りたいときに触れないと不満な感じ。

普通なら嬉しいんだろうけど、今の俺には刺激が強すぎる。会話ならなんとかこれまで通りを装えるけど、さすがにタッチはやばい。

（さすが俺。恋愛レベルが小学生で止まってる。マジで泣きそう……）

そういえば俺、異性として好きって感覚、小学生の頃の榎本さんくらいにしか感じたことなかったし……。

日葵がいくつかの水着をチョイスした。さすがというべきか、どれも割と俺の好みを突いている。具体的に言うと、エロいやつよりも花が似合いそうな可憐系がよし。

試着室の前で待ちぼうけ。

てか、ここから離れた瞬間、俺は日葵のツレではなく不審者に変身してしまうのだ。ここから離れる必要はないのだが、これはこれで地獄だったりする。

……衣擦れの音が、あらぬ想像をかき立ててやばい。

そういえば雲雀塾の夜も、こんなことがあった気がする。日葵ん家の風呂で、日葵が「背中流してあげよっか？」を仕掛けてきたとき。

いかん。雲雀さんの裸体が記憶を侵食していく……。

「悠宇。一人で悶えてどしたん？」

「……っ⁉」

振り返ると、日葵が試着室から顔だけだしていた。カーテンを引っ張って、身体を隠すような感じのポーズだ。

「あ、試着終わった？　じゃあ帰ろうぜ」

「早くない？　さすがに帰りたすぎじゃない？」

日葵がハアッとため息をつく。

「ねえ、悠宇の感想ちょーだいよ」

「あ、うん……うん？」

そういえば、そのためにきたのか。

とうとうこの瞬間がきてしまった。めっちゃ緊張する。しかし、なぜか日葵はカーテンを開けない。

「ね、悠宇？」

「何だよ……？」

「実はさー、今、アタシすっっごい際どいやつ着てるんだよなー。とてもじゃないけど、他の人には見せられないようなやつ♡」

「はい？　さっき持って入ったやつじゃなくて？」

俺は目だけで「ぐ、具体的には……？」と問うてみる。すると日葵が、そのマリンブルーの瞳をキラーンッと輝かせた。

「紐♪」

「ぶふっ⁉」

つい噴き出しそうになった。

紐って、あの紐？　ロープのこと？　水着でロープ？

いやいや、そんなわけないだろ。日葵の悪い癖が始まっただけだ。

「う、嘘に決まってんだろ。イオンにそんなやばいの置いてるわけないじゃん……」

「んふふー。そんなこと言い切れるのかなー？」

「言い切れるわ。ここ家族で買い物にくるところだぞ」

日葵がカーテンを揺らした。開けられたと思って、ついビクッと身構えてしまう。……しかし、フェイントだった。

いや、着てるわけない。いつもの「ぷっはーっ」に違いないし。

ただ理性ではわかっていても、万が一という可能性に怯えてしまう。もし本当だったとしたら……きっと今の俺は死ぬ。心の致死量を簡単にオーバーしてしまうだろう。

一触即発の空気。

俺がごくりと喉を鳴らした瞬間、日葵がにやっと笑ってカーテンを——。

「わ、悪い！　俺、先に帰る！」

「ちょ……悠宇⁉」

チキった。

俺はカーテンが開く前に、振り返ることなくその場から逃げだしたのだった。

自転車を飛ばして、うちまで一直線で帰った。

うえ、全力で走ったから気分悪い。夕食のエビカレーが戻ってきそう……。

日葵には悪いことしたかな。いや、でもあいつが悪いんじゃん。痴女なの？　前々から思ってたけど、あいつ絶対にその気があるし。他の男の前ではやんないだろうけど、ああいうの外で仕掛けちゃうのマズいでしょ。

やがてうちのコンビニが見えた。道路を挟んで向かい側にある家に着くと、自転車を置いて家に入る。

（……あれ。リビングの電気ついてる？）

咲姉さんの話し声も聞こえてきた。

もうコンビニの店番の時間のはずだけど。そう思っていると、玄関に見知らぬ履き物があるのに気づいた。

めっちゃ高そうな女性用の厚底サンダルだ。装飾が細かくて惚れ惚れする。うちの姉さんは基本的に便所サンダルだし、お客さんがきているんだろう。

……ここは静かに部屋に戻るか。咲姉さんの機嫌損ねたら面倒だし。

俺がそろそろとリビングを通り過ぎようとすると、なぜか咲姉さんに呼び止められた。

「愚弟。帰ったなら言いなさい」

「え？」

つい変なリアクションになってしまった。

咲姉さんが俺を呼び止めるなんて、それこそ初めてのことでは？　俺は妙に嫌な予感を覚えながら、リビングに顔をだした。咲姉さんがテーブルにポリッピーと麦茶を広げてくつろいでいる。

「た、ただいま。お客さん？」

「そうよ。ちゃんと挨拶なさい」

なんでだよ。

いつもはそういうことすると「さっさと部屋に行け愚弟」って怒るくせに。

微妙に納得いかない気分を抱えたまま、俺はリビングに入った。そしてお客さんらしき女性を見て……一瞬で身体が硬直した。

テーブルの前に、とんでもない美女がいた。何が違うのかと言われると……オーラというか、圧というか。とにかく存在感がすごい女性だった。

緩いウェーブのかかった豊かな長髪に、つるつるのたまごみたいな小顔。目鼻立ちははっきりしており、まさにお人形という感じだ。咲姉さんも美人ではあるけど、マジで次元が違う感じがする。

その人は、フリルとかの装飾が多いサマードレスを着ていた。可愛いデザインなのに、彼女の雰囲気のせいで大人びて見える。脇に大きなつばの帽子が置いてあった。どれもすごく丁寧な作りで、一目で高級なブランドとわかる。

(すげえ美人。なんというか、都会的な雰囲気だ。垢抜けてるっていうか、洗練されてるっていうか。めっちゃアクセ映えしそう……ん?)

ふと、何かが引っかかった。俺には初対面のはずだ。……でも、不思議とこの人を知っているような気がする。その赤みがかかった豊かな髪や、凛とした瞳の感じ。

そんなことを思っていると、彼女がにこっと微笑んだ。ほわほわっとした柔らかい笑みで、俺に話しかけてくれる。

「夏目悠宇くん。初めまして~♪」

「は、初めまして。……あれ。俺の名前?」

名乗ったっけ？　それとも、咲姉さんが教えたのか？

俺が困惑していると、なぜか咲姉さんのほうが呆れたようなため息をついた。

「愚弟。あんた恩人の顔も忘れてんじゃないでしょうね？」

「恩人……？」

なんか不思議なニュアンスだった。

高校生の日常生活では、まず使うことはないだろう。

いよいよ意味がわからん。俺の恩人？　命の危機を救われた覚えはないし、中学とかの先生にもこんな人は……。

でも次の言葉で合点がいった。

「わたし、榎本紅葉で～す☆」

「…………」

一瞬だけ、色々なことを考える。

そうだ。見たことがある。俺の中学での文化祭で、日葵から雲雀さん経由で、アクセを売るために力を借りた読モさん。彼女のTwitterで、俺のアクセを宣伝してもらった。

え？　ということは、この人が……。

「榎本さんのお姉さん!?」

「やっと気づいたのね。そうよ。凛音ちゃんの姉ちゃん」

確かに、言われてみれば納得できる。この妙な既視感……あのTwitterもそうだけど、何より榎本さんにそっくりなのだ。

物腰はほわっとした雰囲気だけど、やっぱり顔のパーツはキリッとしてるし……顔だけじゃなくて、えっと、胸のボリュームとかも。榎本さんがすでに負け知らずなのに、さらに上がいるとは。世の中って広い……。

俺が唖然としていると、紅葉さんが言った。

「慎司くんから聞いてたけど、凛音ともお友だちなんだよね～？　いつも妹がお世話になってま～す♪」

「あ、いえ。お世話になってるのは俺のほうで……え、慎司？　真木島ですか？」

「うん。うちのご近所さんだからね～。空港から荷物持ちしてもらったとき、ゆ～ちゃんたちのことも聞いちゃった～☆」

「ゆ～ちゃん……」

真木島との関係よりも、その呼び方が気になってしまった。

いや、いいけどさ。そういえば榎本さんも「ゆーくん」って呼ぶし、こういうところ姉妹って感じするなあ。

……てか、なんか聞いてたイメージと違うな。

榎本さんと仲悪いっぽいし、雲雀さんとも犬猿の仲って聞いていた。それを疑うわけじゃないけど、もっとこう、性格が悪そうな感じというか……。

「あ〜っ！　ゆ〜ちゃん、今、『もっと性格悪そうな人かと思った』みたいなこと考えてるでしょ〜？」

ぎくっ。

やばい、図星。まさか心を読まれたの？　何者？　忍者なの？　てか、ぷんぷん怒る紅葉さん可愛すぎでは？　ほっぺたを風船みたいに膨らませるのも今すぐ突きたいし、何より「ぷんぷん！」に合わせて胸がぽよんぽよんと跳ねるのやばすぎ。

あまりの戦闘力に俺が圧倒されていると、咲姉さんがため息をついた。

「愚弟。あんた顔にですぎ」

「うぐっ……」

あ、そういう……。

あまりに納得の指摘に、俺も黙るしかなかった。

すると咲姉さんが、「うふふっ。ゆ〜ちゃんかわい〜」とか恥ずかしいこと言っている紅葉さんに言った。

「紅葉。あんた、この愚弟に用事があるんでしょ？」

「あっ☆　そ〜そ〜。忘れるところだった♪」

自分の頭をコツンと叩く超絶かわい子ぶりポーズに、さすがの俺も度肝を抜かれた。

今、令和だよね？　さすがは人気モデルとして名を馳せているだけあって、かなりの度胸の持ち主だ。てか、なんとなく思ってたけど、言動は榎本さんより日葵に近い属性を感じる。誤解を恐れずに言うなら、ウザかわ系女子の波動。

でも、この人が俺に用事？

今じゃ雑誌の表紙を飾るのも珍しくないという人だ。確かに中学の文化祭ではお世話になったけど、直接の繋がりがあるわけじゃない。

てっきり咲姉さんに会いにきたと思っていた。ちゃんと聞いたわけじゃないけど、確か咲姉さんの高校の同級生なんだよな？　雲雀さんとも因縁があるっぽいし、その辺の関係できていたのかと。

（もしかして、アクセ関連か？）

まずはそれが思いつく。

日葵のインスタを見ていて、何か作ってほしいという話だろうか。

そうだとしたら……かなり嬉しい。やっぱり、そういう業界で成功している人の目に留まるっていうのは自信につながるし。

（でも、そんな都合のいい話があるわけ……あるいは榎本さん関連？）

真木島から話を聞いたって言うなら……あいつのことだ。余計なことも言い含めている可能性がある。特にほら、昼休みも榎本さんが冗談っぽく言ってたけど、見ようによっては、俺って榎本さんをキープしてるように思われてもおかしくないし。そうなると、さすがに姉としては見過ごせないよな？

天国と地獄……。

俺はドキドキしながら判決を待っていた。

でも紅葉さんがニコニコしながら言ったのは、そのどれとも違った。

「きみの日葵ちゃんを～、わたしに頂戴☆」

……その言葉には、日葵に鍛えられた俺もツッコみがでなかった。

突然、悠宇が逃げ出して……アタシの行動は早かった。イオンの前でタクシーを拾うと、すぐに学校まで戻る。

19時すぎ……日が長くなったこともあって、まだ運動部は練習をやっている。

グラウンドの隅にネットを張って練習するテニス部に向かうと、部員を指導する顧問の笹木先生に話しかけた。

「笹木せんせー♡」

「犬塚？　まだ残ってたのか？」

「はい。ちょっとヤリチ……真木島くん借りていいですかー？」

にこーっとキラキラ天使スマイルビームを浴びせる。練習指導で疲れた笹木先生は「ぐわああっ」と浄化されて、すんなりと真木島くんを呼んでくれた。

その真木島くんは怪訝そうに言った。

「日葵ちゃん？　いったいどうし……うおっ⁉」

「腐れ女たらし。ちょっとこっちこい」

「ま、待て。待ちたまえ！　声がガチすぎて怖いのだが‼」

その首根っこを引っ張っていき、園芸部の花壇の脇に放り投げた。いい感じに転がった真木島くんが、テニスウェアを泥だらけにしながら起き上がる。

「な、なんだ？　オレは練習しているのだが……？」

「うっさい。こっちのほうが重要だから」

アタシは真木島くんのラケットを奪い、それで手のひらをペシペシ叩く。自他ともに認めるクズ男を見下ろした。

思えばこの四ヶ月、ずっとこいつに引っかき回されていた。今回のことも、絶対に裏で糸を引いているに違いない。

「最近、悠宇が変なんだけど？　きみ、また何かロクでもないことしたでしょ？」

「は、はあ？　ナツが変？　具体的には？」

「アタシを露骨に避けてんだよね。きみ、変なこと吹き込んだ？」

「いや、オレには身に覚えがないのだが？　確かにあの人を空港に迎えに行ったときに協定を申しでたが、そもそも、そういう成果を狙ってな……」

「やっぱり、何かしてんじゃねーかオラァ――――ッ！」

「だから待ちたまえ！　テニスラケットは殴るものではない！」

真木島くんが慌てて、花壇の脇にあったチョコレートコスモスの鉢を抱えた。それを盾にして「これで殴れまいナハハハ！」と高笑いを上げる。

「うわ、真木島くん卑怯すぎない⁉」

「よくもまあヌケヌケと……」

「それは悠宇のお花でしょ！　関係ないから返して！」

「よかろう。そのラケットと引き換えだ！」

チッ。

人質に取っていたテニスラケットと、チョコレートコスモスの鉢を交換する。真木島くんは細部をチェックすると、ハアッとため息をついた。

「確かにいつも企んではいるが、今はそういう段階ではない。そもそも別段、日葵ちゃんが避けられてるようには見えんのだが？」

「そりゃ普段はね？　でも、ときどき妙にそわそわしてるっていうか。手も握らせてくれないし、全然ぷはらせてくれないし。さっきイオンに水着見にいったときも、ちょっとからかっただけで逃げるし……」

「……ほう？」

真木島くんはにやっと笑った。

「なるほど。水着の試着中に『実はこの下、紐のやつ着てんだよ？』と迫ってみたが、あえなく袖にされたというところか」

「おまえ見てたんじゃないだろうなあ――――っ⁉」

「ええ……。ジョークのつもりだったが、本当にそんなものを着ていたのか？　さすがに変態ではないか？」

「ほんとに着るわけないじゃんっ！」

てか、イオンにそんなやばいの置いてるわけないし。せっかく『悠宇が覗いたら制服のままでぷっはーっ』してやろうと思ったのに！

「えのっちとも変だしさー。最近、昼休みにアタシを除け者にして二人で密会してんだよ？」

「ナハハ。単純明快ではないか。とうとうナツが、日葵ちゃんを見限ってリンちゃんに寝返ったということだ。よいことではないか。親友の門出を祝福したまえよ」

「……きみ、そのラケットもう一回人質にされたいわけ？」

「じょ、ジョークだよ。余裕がなさすぎだぞ……」

真木島くんがラケットを背後に隠しながら、じりじりと距離を取る。

「ま、日葵ちゃんたちの仲が絶不調というなら、それもよかろう。オレのプランが進みやすくなるだけのことだ」

「……今度は何するつもり？　また悠宇のアクセが壊されたりしたら、タダじゃおかないから」

「そんな小競り合いは必要がない。もはやオレたちと日葵ちゃんの戦いは最終局面だ」

そして真木島くんは、アタシにとってあまりに意外な事実を告げた。

「紅葉さんが、この町に帰ってきているぞ」

「……っ⁉」

その言葉に、アタシは息を飲んだ。

アタシが大事に抱える鉢植え。

チョコレートコスモス。

甘い香りのする花を咲かせる、不思議なお花。

確か花言葉は――『恋の終わり』。

♣♣♣

紅葉さんの言葉に、俺は息を飲んだ。

「ひ、日葵を…… 頂戴？」

それを繰り返しても、意味がわからない。

「どういうことですか……？」

紅葉さんは、変わらない感じでほわほわと語った。

「ゆ〜ちゃんも知ってると思うけど〜、日葵ちゃん、うちの事務所に入るって約束してたんだよね〜。あ、今年のGWくらいだったんだけど〜」

「あれって紅葉さんの事務所だったんですか……？」

「そうだよ〜。そのスカウトの話、元々わたしが社長に持っていったやつなんだ〜。うちの後輩にすっごい可愛い子いますよ〜、絶対にいいタレントになるんで育てましょ〜って」

「な、なるほど……」

合点はいった。

いくらインスタでフォロワーの数が多くても、それだけで芸能事務所が声をかけてくるとは思えなかった。それも、かなりの優遇だったはずだ。……裏で、この人が動いていたということか。

……でも、解せない。

「日葵からは、断ったと聞きましたけど……」

「そうだよ～。一回受けたふりして、途中でやめますって手のひら返してね～」

それには覚えがあった。

俺と日葵が初めて大喧嘩したとき、日葵がメールのやり取りを見せてきた。それでは確かに、一度は了承する旨の返事をしていた。

あのときのことは、俺の責任でもある。俺は素直に謝った。

「ご、ご迷惑を、おかけしました……」

「大丈夫。怒ってないよ～。色々とお金もかかってたけど、アレはわたしが先走って準備したせいだからね～。わたしが自腹で清算したし、信じてた日葵ちゃんに弄ばれたこともぜ～んぜん気にしてないよ～？」

「ううっ……」

めっちゃ強調してくるんだけど。絶対に根に持ってるじゃん……。

咲姉さんは……あ、ダメだ。完全にテレビ見てる。そもそも、この人が俺を助けてくれるはずないか。

「だから、とりあえずイーブンとして、今回はゆ～ちゃんに商談を持ってきたんだ～」

「俺に、商談？　それって……」

紅葉さんが、パンッと手を叩いた。

俺の言葉は止められて、彼女は一際明るい声で言った。

「ゆ〜ちゃんに、日葵ちゃんを説得してほしいんだよ〜♪」

「日葵を説得？」

ほわほわした笑顔が、なんとなく変わったような気がした。

いや、笑顔は変わっていない。俺が今、やっと気づいただけ。

この人の表情は、さっきからぴくりとも動いていない。ずっと同じ顔だ。眉一つ動かさずに、完璧な穏やかスマイルを維持している。

完璧すぎて……まるで人形みたいな笑顔だ。

「日葵ちゃんに、事務所に入ってほしいってお願いしてくれないかな〜？　大親友のきみの言葉なら、きっとオッケーしてくれると思うんだ〜」

「そ、それは……っ！」

「ダメ〜？」

「当たり前です！　そもそも、俺と日葵は……」

紅葉さんが、もう一度パンッと手を叩いた。

それに驚いて、俺の言葉が止まる……。

「慎司くんに色々聞いたんだけど、日葵ちゃんがインスタしてるのって、ゆ～ちゃんのためなんでしょ～？　一緒にアクセショップを開くって夢のために頑張ってるんだ～？」

「そ、そうです！　だから、日葵は……」

つい食い気味に答える。

すると紅葉さんが、朗らかに爆笑した。

「あははっ。無理に決まってるじゃ～ん！　こんな片田舎でアクセの個人店なんて、ちょっと夢見すぎじゃないかな～♪」

「……っ⁉」

前触れもなくぶつけられる悪意の言葉。

頭が真っ白になって、強い苛立ちが沸き上がる。その気持ちのままに何かを言い返そうとした瞬間、俺の脇が咲姉さんに突かれた！

「うぎゃ⁉　……さ、咲姉さん‼」

「愚弟。その程度の挑発に騒いでんじゃないの」

咲姉さんの言葉に、俺はハッとする。

そうだ。ここで取り乱してはいけない。紅葉さんがどういう意図で言ってるのかわからないけど、とにかく冷静にならないと。

紅葉さんは「姉弟仲いいね～」と茶化しながら、テーブルの下から何かを取り出した。

「もちろん、タダでとは言わないよ〜。ゆ〜ちゃんが協力してくれたら、これあげるね〜」

ドンッと差し出されたのは、革製の四角いアタッシュケースだった。俺の通学バッグくらいの大きさ。

いったい何だろうと思っていると、紅葉さんがカパッと開けた。

ぎっしり詰まった札束が出現した。

バンッとケースを閉めたのは、隣の咲姉さんだった。こめかみに青筋を立てながら、紅葉さんに怒鳴る。

「あんた、馬鹿じゃないの!? こんなもの軽々しく持ち歩くな!」

「だって〜、小切手の口座開設、通らなかったんだも〜ん」

「書面でも何でもあるでしょうが! 愚弟に用事っていうから何かと思ったら、あんた常識ってものないわけ!?」

「むぅ〜。咲良ちゃん、高校の頃より口うるさくてキラ〜イ!」

「やかましい! あんたは大人になったんだから、いい加減ちっとは変わりなさい!」

俺の頭は真っ白になっていた。

強烈な光景だけが目に焼きついて、ただ口をピクピクと引きつらせていた。やっとのことで、疑問を絞りだした。

「こ、このお金は……？」

すると紅葉さんは、何でもないかのような笑顔で言い放った。

「決まってるじゃ～ん。日葵ちゃんの対価だよ～」

「……っ⁉」

そのワードの突飛さに、俺は無意識にテーブルを叩いていた。

「本気ですか⁉　日葵はものじゃないんですよ！」

でも、紅葉さんは本気で不思議そうに小首をかしげる。

「そんなの当たり前じゃ～ん。ゆ～ちゃんには、日葵ちゃんがペットに見えてるの～？」

「そんなはずないでしょう！　だからこそ、日葵をお金で取引なんて……」

「でもでも～、ゆ～ちゃんたちは夢を叶えるために、お金が必要なんだよね～？　これから日葵ちゃんが稼ぐお金を、わたしが先に立て替えるだけだよ～？」

「そういう問題じゃなくて……」

「じゃあ、どういう問題なのかな～？」

俺は口ごもった。

どういう問題？　本気で言っているのか？

途方もない気持ち悪さを感じながら、俺はやっとのことで言い返した。

「いや、待ってください。俺たちは、自分たちの力で店をだすのが目標なんです。お金をもらったからって満足できるわけじゃ……」

「むぅ～。ゆ～ちゃんの言うこと、屁理屈っぽくて嫌いだな～」

紅葉さんは眉間にしわを寄せて、う～んと唇を尖らせた。

それから何かを思いついたように明るく笑うと、パンッと手を叩いて言った。

「わかった！　それじゃあ、代わりのモデルあげるよ～」

「……は？」

紅葉さんはスマホを取り出した。

すいすいと軽やかに操作しながら、最後にポンッとタップする。

すると同時に、咲姉さんのスマホに着信音が鳴った。咲姉さんはそれを見ると、ハアッとため息をつく。

「紅葉。わたしを中継役にするなんていい度胸じゃない……？」

「だって～、ゆ～ちゃんのＩＤ知らないんだも～ん♪」

咲姉さんが俺のスマホに転送する。

なんだと思ってラインを開くと、いくつかのブログのアドレスや、インスタのアカウントが貼られていた。

それを一つずつ開いていく。どれも可愛い女性のものだった。年齢的には、十代から二十代前半。どの人も『職業：モデル』と記載されている。

そして紅葉さんは、また変わらない笑顔で言った。

「はい。事務所の後輩の子たちだよ～。みんなお仕事経験あるし～、日葵ちゃんの代わりになれると思うんだ～。好きな子を選んでいいからね～」

「………………」

もう完全に言葉がでなかった。これが、絶句、というやつかもしれない。

好きな子を選ぶ？　日葵の代わりに？　どういうことだ？　いや、わかるんだけど。この人たちの同意は？　てか、なんで？

俺の理解の届かない言動に、完全に頭がパンクしていた。助けを求めて咲姉さんに向くと、頭痛を堪えるような顔で珍しく助け舟をだしてくれる。

「紅葉。あんた、昔からそういうところあるわよね……」

「え～？　わたし、なんか変なことしたかな～？」

「言ってもわかんないだろうから言わないわ。でも、あんたのやってることは、間違いなく愚弟には理解できていない」

「むぅ～。お金もモデルもいらないなら、どうしたらいいの～？」

その無邪気な言葉に、俺はようやく気づいてきた。

（これ、本気で言ってる……？）

最初は茶化されているのかと思ったけど、たぶん違う。

そもそも価値観がズレてるんだ。どこだ？　俺は紅葉さんに、何を伝え損ねているんだ？

……おそらく、これだ。

「紅葉さん。俺は、日葵と、一緒に店をだすのが夢なんです。ここで紅葉さんに資金をもらっても、代わりのモデルを紹介してもらっても意味はないんです」

「…………」

一瞬。

紅葉さんの表情が、凄まじく底冷えするような無表情になった。まるで銃弾で撃ち抜かれるような感覚が身体を走って――次の瞬間には、紅葉さんはさっきまでの人形めいた笑顔に戻っていた。

パンッと手を叩くと、ニコニコしながら明るい声で言った。

「あ、なるほど～。つまり、日葵ちゃんが大事ってことだね～♪」

「…………」

その明るい空気と裏腹に、俺の背中には滝のような汗が流れていた。

なんだ、今のは？　なんか殺意にも似たような……そうだ。たまに雲雀さんがガチギレするときと同じような感じ。それなのに涼やかで、なんというか……すごく怖い。

「ちょ、ちょっと水を……」

喉がカラカラだった。俺は立ち上がると、キッチンの水道で水をコップに注ぐ。それを飲み干すと、少し冷静になった。

後ろのほうで、咲姉さんが言った。

「紅葉。あんた、どうしてそんなに日葵ちゃんを買ってるわけ？」

「あれれ～？　変かな～？」

「変に決まってるでしょ。いきなり帰ってきたと思ったら、こんな大金ぽんと出すのはおかしいわよ。あんた、雲雀くんとは付き合ってたけど、そこまで日葵ちゃんと仲よかった？」

「ん～ん？　連絡先は交換してたけど～、実際に会うことはなかったかな～？」

「じゃあ、なんでまた？　よしんば仕事の一環だとしても……それも妙よ。あんたの事務所がどういう意向か知らないけど、このスカウトはモデルの仕事の範疇を超えてるわ」

紅葉さんは楽しげに答える。

「日葵ちゃんは、すっごく可愛いからね～♡」

「…………」

咲姉さんは眉根を寄せた。

それに対して、紅葉さんはどこか熱に浮かされるように語っていく。

「可愛いのは才能だよ～。足が速い人がスポーツマンになったり、音楽センスに長けた人がミュージシャンになるのと同じ。正しく使えば、それだけで何者かになるための武器になる。でも今の日葵ちゃんは、自分の大きな才能を他人の小さな才能のために潰そうとしてる。だから救ってあげたいんだ～。なにか変かな～？」

「…………」

咲姉さんは黙っていた。

険しい表情で……いや、いつもと大して変わらないんだけど。とにかく難しい顔で考え込んだかと思うと、そのまま「そう……」と会話を終えた。

俺はたまらず、声を荒げた。

「俺が日葵の才能を潰してるって言いたいんですか……っ!?」

「そうだよ～。日葵ちゃんには、こんな田舎町のお店の看板娘なんて似合わないからね～。変な約束にこだわってるから、自分の将来に対して正しい判断ができなくなってるんじゃないかな～。そして～……」

そして紅葉さんは、にこっと綺麗な笑顔で言った。

「ゆ～ちゃんのアクセは、正直そんなでもないかな～って思ってるんだよね～。インスタで見たけど～、そこらの自作アクセのオークションサイトを見れば似たようなの一杯あるし～。こんな凡作に日葵ちゃんが人生捧げてるなんて、もったいないよね～」

「……っ!?」

思わず食って掛かろうと……って、あいた!?　咲姉さんから脇をドスッと突かれた！

「さ、咲姉さん⁉」

「愚弟、だから落ち着きなさい。この子の言葉に踊らされたら、あんた取り返しのつかないことになるわよ」

　すると、紅葉さんが目をぱちくりさせた。

「咲良ちゃん優し～♪　なんだかんだって言って、弟くんのことが心配なんだ～？」

「そんなわけないでしょ。わたしが心配してるのは日葵ちゃんよ」

「またまた～。素直じゃないな～♪　……あ。そういえば～、咲良ちゃんが高校の頃に好きだったあの人も～、ゆ～ちゃんみたいな夢追い人だ……」

　その瞬間、咲姉さんの目がギラッと光った。

　紅葉さんの口をベシッと塞ぐと、胸倉を摑んで引き寄せた。

「あんた。今すぐ簀巻きにして海に流されたいわけ？」

「や～ん♪　田舎の脅しって原始的～☆」

　紅葉さんは解放されると、俺に目を向けた。

「ゆ～ちゃん。それでも、まだ日葵ちゃんを束縛するのかな～？」

「そ、束縛って。そもそも俺たちの夢は……」

「日葵ちゃんから協力してくれてる～？　だからといって、ゆ～ちゃんが冷静な判断を捨てていいってわけじゃないと思うんだけどな～？」

「お、俺のアクセは、日葵のために作ってるものだし……」

「モデルによってクオリティが変わるなんて、プロ失格じゃないかな～？　それにＧＷ明けのインスタでは、うちの凛音がモデルやってたよね～？」

「そ、それは、一回だけ……」

「一回やれたんなら、何回でもやれるよ～。日葵ちゃんはわたしがもらうから、ゆ～ちゃんは凛音とやればいいよね～？」

「だから、俺は日葵とやりたいって言ってるじゃ……」

紅葉さんが、パンッと手を叩いた。

俺がびくっとすると、紅葉さんはニコニコしながら言った。

「ゆ～ちゃん。全部が手に入るなんてありえないんだよ～。二兎を追うものは一兎をも得ず、って言うじゃない？　夢を追うなら、その一つだけに狙いを定めて、他の邪魔なものは捨てていくべきだと思うんだけどな～」

「じゃ、邪魔なものって何ですか……？」

紅葉さんは、迷わずに言った。

「日葵ちゃんへの、隠れた恋心かな～？」

「……っ⁉」

紅葉さんは「全部知ってるぞ」と言わんばかりの口調で続けた。

「ゆ〜ちゃんは、ビジネスパートナーだから日葵ちゃんを渡せないいんじゃない。好きな女の子だから渡せないいんだよね〜？」

「そ、そんなことは……」

「隠さなくてもいいよ〜。それも慎司くんから聞いたんだ〜。五月に、アクセを捨てて日葵ちゃんと東京行くって決意したんでしょ〜♪」

紅葉さんが、身体を乗り出した。

俺の顎をつまんで、そっと上向ける。

「ね？　どっちにする？」

「ど、どっち……？」

「ゆ〜ちゃんが日葵ちゃんへの恋心に生きるって決めるなら、日葵ちゃんと一緒に連れて行ってあげる。お仕事も紹介してあげるし、ちゃんと一緒にいられるようにしてあげるよ〜」

そう言って、俺の鼻先を人差し指で弾いた。

「でも、アクセは捨ててね〜。いつまでも未練があると、日葵ちゃんの邪魔になっちゃうからね〜」

「…………」

俺が呆然としていると、紅葉さんはフッと笑った。

「即答しないいんだね〜？」

まるで予想通りという様子で、紅葉さんはため息をついた。

「どっちにおいても中途半端。きみたちは青春ごっこに気持ちよくなってるだけで、本気で夢を追いかけるつもりはないんだよね～？」

そう言って、俺たちの関係の核心に触れる。

「〝ずっと離れない〟なんてエゴだよ～？　ゆ～ちゃんの身勝手のために、日葵ちゃんの才能を潰すなんて、本当の友情って言えるのかな～？」

「…………」

俺は、何も言えなかった。

本当の友情？

日葵を送り出すのが、そうだっていうのか？

俺は唇を噛んだ。紅葉さんが言っていることが正しいとは思わない。でも……なぜか反論する言葉はでてこなかった。

……確かにこれは、チャンスなんだろう。

こんな機会は、二度とない。紅葉さんに協力すれば、俺は卒業後にすぐ店を持てる。それは俺たちが望んでいたことだ。

それに日葵のためを思えば、紅葉さんの言うことは正しいのかもしれない。

『アタシは一人じゃ何もできないからさー』

中学の頃から、日葵は口癖のようにそう言っていた。

所詮、可愛いだけ。自分じゃ何もできない。だからこそ、俺のアクセを手伝うことに意義を感じていると。

でも、そうじゃないとしたら？

日葵が一人でも、俺の店を手伝うより大きなことができるっていうなら。その前途を祝すのが、これまで日葵から受けた恩に報いる方法だっていうなら——。

「そこまでだ！」

突然、大声とともにリビングに侵入者があった。

誰だ？

いや、そんなの決まっている。

俺のピンチを救ってくれるのは、いつだって——。

(日葵……っ!!)

——じゃなくて、黒髪のイケメンがめっちゃいい笑顔で立っていた。

「紅葉くん。悠宇くんには指一本触れさせない！」

雲雀さんだった。

ビシッと決めたスーツは、もう夕方なのにしわ一つない。雲雀さんは俺を見ると、キランッと白い歯を輝かせた。……え？　今、マジで光ったよね？　どういう原理？

雲雀さんは俺の肩を抱き、紅葉さんからかばうように立ちはだかる。

「悠宇くん。僕がきたからには、もう安心だ！」

「いや、なんでいるんです？　雲雀さん、仕事は？」

「フフッ。日葵から電話をもらって飛んできたのさ！　安心してくれ。けっこう大事な打ち合わせがあったけど、後輩に丸投げしてきたよ！」

「安心できる要素がどこにもない……」

前回の雲雀塾のときも思ったけど、その後輩さんめっちゃ可哀想。

でも、日葵がどこにも……。

「あ、日葵は凛音くんとタクシーで向かってるはずだよ。一分一秒を争うから拾ってくる暇がなくてね！」

「そ、そうですか……」

少しショックを受けていると、雲雀さんがビシッと紅葉さんを指さした。

「紅葉くん！　僕の悠宇くんに、いらぬちょっかいをかけてくれたようだね！」

「うふふっ。ちょっかいだなんて心外〜。わたしは〜、対等な立場として商談を持ってきただけだよ〜」

「フッ。相手に一方的な思想をぶつけることが商談？　本当に昔から変わらないな。本当の商談とは、互いの理想の両立を追求した先にあるものだ。何よりも……」

雲雀さんはアタッシュケースを持ち上げると、紅葉さんへ叩きつけるように押し返した。

「悠宇くんを狙ったことは失策だったな。この僕がいる限り、悠宇くんと日葵の友情にはヒビすら入らないよ」

「…………」

紅葉さんの表情が険しいものに変化した。

その背後に、ゆらりと静かな怒りが立ち昇る。ゆったりと髪をかき上げ、鋭いまなざしで雲雀さんを睨むと——それが幻だったかのように、再びあの人形めいた笑顔に戻った。

小さなため息をつくと、そっとスマホを取りだした。

その画面にあったのは……何かの動画？

音も聞こえないし、遠目にはよくわからない。誰かが踊っているような、そんな感じの動きだけはわかるんだけど……。

「ワンちゃんは、いつだって威勢だけはいいんだよね～♪」

「……っ⁉」

その瞬間、雲雀さんの顔色が変わった。

急にブルブルと震えだすと、その真っ青な顔から脂汗が噴きだす。そのままガクッと膝をつくと、悔しそうに拳でフローリングの床を殴った。

「雲雀さん⁉」

「ゆ、ゆゆ、悠宇くん。す、すまない、ぼぼ、僕はもう、ダメかもしれない……」

「そんなに⁉　マジでどうしたんですか！」

紅葉さんが勝ち誇ったように告げる。

「うふふっ。この高校時代の超黒歴史動画をネットの海に流されたくなければ、大人しくハウスしてくれないかな～？」

「や、やめるんだ！　それは関係ないはずだろう⁉」

「雲雀くんだって、今回のスカウトには関係ないよね～？」

「そ、それはそうだが……っ⁉」

いや、実妹だから関係大ありだと思うんですけど。

むしろ、俺なんかよりずっと関わってるはずだよな？　前々から思ってたんだけど、雲雀さん実は日葵のこと家族だと思ってないのでは？

「ねえ、咲姉さん。あれって何の動画？」

「……まあ元カレ元カノには、色々と触れちゃいけない過去があるのよ」

ただの痴話喧嘩だったわ。

俺たちのしらーっとした視線も何のその、雲雀さんはあくまでシリアスの体を崩さずにイケメンな顔で汗を拭う。

戦闘態勢に入るかのように、スーツの上着を脱ぎ去った。

「こうなれば実力行使といかせてもらおう。そのスマホを奪い取る！」

「そうくると思ったよ～」

その瞬間、紅葉さんがスマホを胸の谷間に突っ込んだ。その存在感をど～んと誇示するように胸を張り、にやっと笑った。

「三次元の女性と交わらない誓いを立てた雲雀くんは～、女の子にエッチなことはできないよね～？」

うわあ、えげつねえ……。

さすがの雲雀さんも、動揺を隠せずにいた。おそらく、この人の唯一の弱点だろう。これが弱点って時点でなんかおかしい気もするんだけど……いや、深く考えるな。俺ごときには理解できない境地というものがあるのだ。きっとそうに違いない。

「……悠宇くん。『るろうに剣心』という漫画を知っているかい？」

「あ、はい。実写映画のアクション凄かったですよね」

「僕が原作で特に好きなのは、緋村剣心が刀鍛冶の息子を守るために『不殺』の誓いを破るシーンだ。小さな命のために修羅へ身を堕とす覚悟……小学生だった僕は胸を震わせたものだ」

そして振り返った雲雀さんの顔は――修羅と化していた。

「僕も今、悠宇くんのため修羅になろう……っ!!」

「それって女性の胸元に手を突っ込む宣言ですよね？　訴えられたら絶対に勝てないんでマジでやめてください……」

血涙を流しながらにじり寄る雲雀さんに、紅葉さんもタジタジだった。いや、あんなん迫ってきてドン引きしないほうがおかしいけど。

「こ、こうなれば……」

紅葉さんが胸のスマホを取りだして、咲姉さんのほうに投げた。

「咲良ちゃん、これ守って～☆」

「嫌よ。わたしを巻き込まないで」

あっ！

紅葉さんからトスされたスマホが、咲姉さんの手で弾かれた！

スマホがソファの裏に落ちた瞬間、雲雀さんが疾風のような動きで飛び込んだ。かつて大学生ラグビーで『牙狼』と恐れられた反射神経と制圧能力は健在！

そして獲得したスマホを掲げて、雲雀さんがクールに勝利宣言した。

「紅葉くん、これできみの奥の手も潰したぞ」

スマホの画面で流れる雲雀さんのやばい過去が丸見えだけど、ここは見なかったことにしておこう。かなり気になるんだけど、あんまり見すぎるのも悪いし。

でも、それで終わらなかった。

勝利の余韻に浸っている雲雀さんへ、紅葉さんは嘲笑を向ける。両手の指の隙間に、無数のスマホ端末が挟まれていた。ちなみに、そのすべてに同じ動画が流れている。

「ごめんね～。わたし、仕事の関係でスマホ20台持ってるんだ～☆」

「騙したなあっ⁉」

雲雀さんが膝をついて慟哭を上げる。

「咲姉さん。雲雀さんって、ああいう悪ノリするタイプだったっけ……？」

「高校のときは、割とあんな感じだったんだけどねえ。まあ、童心に返るのはいいことじゃないかしら？」

俺がぽかーんとしていると、咲姉さんがテレビの音量を上げながらため息をつく。

「というか、あんたら。そんなに仲いいなら、素直に縒り戻せば？」

雲雀さんと紅葉さんが、同時に反論した。

「そんなことあるはずがないだろう⁉」

「そんなことないよ～☆」

「まあ、紅葉くんがこれまでの行いをすべて悔い改めた上でお願いするというなら、僕も一考しないこともないけどね」

「うふふっ。雲雀くんが家の財産すべて捧げた上で一生の服従を約束するなら、わたしも無下にはしないけどね～♪」

咲姉さんが「あ、そ……」と言って、テレビを消した。無音になったリビングで、やれやれと麦茶に口をつける。

「とりあえず、あんたらが話し合っても先に進まないのはわかったわ。いい加減、二人とも大人になりなさい」

「いやいや。咲良くんには言われたくないね。きみこそ高校のときの彼を……ぐはあっ⁉」

雲雀さんの脇腹へ、咲姉さんの一撃が見舞った！　そのままソファの裏に落ちて、呻きながらぴくぴく痙攣している。

「それ、さっき紅葉がやったから。二度めは容赦しないわ」

「お、横暴だ……」

咲姉さん怖えって思ってると、その視線が紅葉さんを捉えた。

「紅葉。あんたのこれまでの経緯を考えれば、日葵ちゃんに過去の自分を重ねるのもわかるわ。そのために多少、強引なことをしても矯正しようって気持ちも理解はできる」

淡々とした言葉に、紅葉さんは無言で耳を傾けていた。

その表情はどこか気まずそうで……ちょっとだけ幼ない感じがした。まるで親から叱られる子供のような顔だ。

　ふいに、それが紅葉さんの素の表情なのではないかと思った。理由はないけど、なんかそんな気がしたのだ。

「でも、共感はしない。少なくとも今の日葵ちゃんは、昔のあんたのように明確な目標を持ってるわけじゃない。無理やり他人の正義を押しつけられるのは、昔のあんたが一番、嫌ってたことだと思うけど？」

「………」

　咲姉さんの諭すような言葉に、紅葉さんは大きなため息をついた。

「ハァ。やっぱり、咲良ちゃんに仲介をお願いしたのは失敗だったな～。いっつも言いくるめられちゃうんだもんね～」

　そう言って、俺に向いた。

　その表情は、さっきまでの気が置けない友人への表情ではなかった。あの作り物じみた笑顔。

それを俺に見せながら、紅葉さんが言う。

「気が変わっちゃった～♪」

「………？」

　気が変わった？

　紅葉さんはパンッと手を叩き、切り替えるように言った。

「ほんとはチャチャッと契約して帰るつもりだったけど～、咲良ちゃんの言うことも一理あるよね～☆」

「な、何をするつもりですか……？」

俺が警戒しながら聞くと、紅葉さんは朗らかに笑った。

「うふふっ。そんな酷いことはしないよ～。雲雀くんや咲良ちゃんがそこまでゆ～ちゃんに肩入れするっていうなら、まずそれを潰してやろうと思っただけ～。そうすれば、日葵ちゃんだってこんな田舎に残る理由なくなるもんね～♪」

テーブルに身体を乗り出して、その綺麗な顔を近づける。紅葉さんはにこっと冷たい微笑を浮かべた。

「ゆ～ちゃん。わたしと勝負しましょ～？」

「しょ、勝負……？」

紅葉さんが大きくうなずいた。

「この夏休みの間に、きみの全力のアクセを作って見せて～？　日葵ちゃんと一緒にいたほうがいいアクセを作れるって言うなら、そのクオリティで証明してみなよ～。わたしが思わずひれ伏しちゃうような、素敵なアクセでね～♡」

「……っ⁉」

どくんと心臓が高鳴る。

ある種、その道のプロからの真っ向からの挑戦状。一瞬、日葵の進退も忘れて、身体の奥底にざわっとさざ波がたった。

「紅葉くん。待ちたまえ！　これは僕と君の間で解決するべき問題だ。悠宇くんを巻き込むのは……」

　雲雀さんが止める。

　でも、紅葉さんの次の言葉で制された。

「いいのかな～？　このままだと、どっちにしても日葵ちゃんは連れてっちゃうよ～？」

「どういうことだ？」

「さっき、ゆ～ちゃんには言ったけど～。わたし、日葵ちゃんを事務所に入れるための準備費用とか肩代わりしてるんだよね～。その負債、高校生の日葵ちゃんに支払えるかな～？」

「な……っ⁉」

　雲雀さんが絶句する。

　それに気をよくした紅葉さんが、一転、攻勢にでる。

「正式契約は交わしてなくっても、事前にメールで条件等はやり取りしてたからね～。イマドキはこういった記録だけでも、けっこう勝てる事例あるし～？　うちの事務所の弁護士さんは優秀だから、結果は見えてるよね～？」

　雲雀さんの肩をポンポンと叩いて、その顔を下から覗き込むようにする。非常に楽しそうに笑いながら、さらに追撃を繰りだした。

「何と言っても、これは日葵ちゃんの自分勝手な行動が招いた結果だもんね～？　日葵ちゃんの中学のときの文化祭で『お家の助けを借りずに、自分の力でやり遂げる』って約束したんでしょ～？　ここでお金をだして助けてあげるのは、雲雀くんの教育方針に反するんじゃないかな～？　ね～？」

「…………」

咲姉さんがため息をついた。

「紅葉。さっきの『とりあえずイーブンで商談』って言い方は引っかかってたけど。うちの愚弟が協力を断ったら、その借金を盾にして言うこと聞かせようとしてたわけね……」

「ご明察ぅ～。わたし、無駄なものにお金払いたくないんだ～。だから、精一杯利用させてもらうからね～」

……この人、可愛い顔してえげつなさすぎるんだけど。

さすがの雲雀さんも、ギリリと悔しそうに歯を食いしばる。その拳を、血が滲むほどに握りしめていた。

「紅葉くん、さすがだな。僕の嫌がるやり方を熟知している……」

「当たり前じゃ～ん。雲雀くんは、元カノのこと理解できてなさすぎ～♪」

そして再び、紅葉さんは俺に目を向けた。

「日葵ちゃんを助けてあげられるのは、運命共同体のゆ～ちゃんだけ。そう考えると、頑張ろ

～って気になるよね～？　どうかな～？」

「…………」

その言葉は、確かに俺たちに一筋の光明を示すものだった。

でも、彼女の瞳は雄弁に語っている。

自分のほうが圧倒的に強いと。それゆえに、俺たちが希望にすがるのを見て楽しもうという意思が透けて見える。

（……俺を勝たせるつもりなんて、絶対にないって顔だ）

そのことに、不思議とアガる気がした。

思えば俺は、ずっと周りに甘やかされすぎていた。アクセに自信はある。日葵や榎本さん、雲雀さんも褒めてくれる。

でも、本当にそれは俺の純粋な価値だと言えるのか。その疑問だけは、ずっとまとわりついていた。

以前、咲姉さんが言った。

俺のアクセは、リピーター率が低い。先月だって、学校の生徒に壊された。たくさん返品もされた。

俺の人柄を知らない人たちに認められてこそ、俺は一人前のクリエイターを名乗ることができるんじゃないか？

俺のアクセには……日葵が人生を捧げる価値が本当にあるのか。

それを確かめるのは、今だという気がした。

「俺が勝ったら、その日葵の負債を帳消しにしてくれますか？」

紅葉さんを見据えて、条件を追加する。

拒否されるかと思った提案に、紅葉さんは一瞬だけ驚いたような顔を見せる。それから楽しげに瞳を輝かせると、にこっと冷たい笑顔で言った。

「なんか目の色変わったね～？　頼りないな～って思ってたけど、ちゃんとお姫様のピンチには立ち上がるんだ～？　オトコノコって感じ～♪」

「そういう茶化しは日葵で慣れてますから。どうなんですか？」

フッと笑った。

パンッと手を叩くと、高らかに宣言した。

「もちろんいいよ～。わたしが負けたら、負債も含めて日葵ちゃんのスカウトは諦めてあげる～。わたしが勝ったら、日葵ちゃんのスカウトに協力してね～？」

「わかりました。よろしくお願いします」

雲雀さんに目を向けると、無言でうなずいた。咲姉さんは「やれやれ」とポリッピーの袋をひっくり返してすべて口に放り込んだ。

紅葉さんはうきうきと楽しそうな感じで、リビングの隅にある大きなキャリーケースを手にした。

「テーマは『夏の思い出』。期限はお盆明けまで。その頃にお休みの予定あるから、もう一回くるね～。今日のところは、小うるさいのがくる前に退散しま～す♪」

そう言って、彼女は意気揚々と出ていった。

日葵と榎本さんが到着したのは、その5分後だった。

Ⅱ

〝あなただけを見つめる〟

♣♣♣

うちに到着した日葵が、経緯を聞いて素っ頓狂な声を上げた。

「ええっ⁉　何それ、勝負ってどゆこと⁉」

「いや、まあ、成り行きというか……」

すでに紅葉さんはいない。

日葵と一緒に到着した榎本さんが、ぎりぎりと歯噛みしながらテーブルを叩いた。

「……逃がした。今度こそお母さんの前に引きずり出してやろうと思ったのに」

「榎本さんのお姉さん嫌いが過激派すぎる……」

日葵が、雲雀さんに目を向ける。

「てか、今の話、絶対にお兄ちゃんのせいじゃん！」

　その雲雀さんは、咲姉さんとのんびりお茶を飲んでいた。めっちゃくつろいでるんですけど。咲姉さんと友だちってのは聞いてたけど、こうやって二人が揃うのは何気に初めてのことじゃないか？

「それに関して言い訳はしない。だが、日葵よ。どのみち、紅葉くんにおまえを諦めてもらう口実は必要だった」

「いやいや。そもそも、アタシが東京行かなきゃいい話じゃん。わざわざ喧嘩吹っ掛けるような真似しなくても……」

「GWにおまえがやらかした金銭的負債を今すぐ清算できるのか？」

「うっ……。でも、それはお兄ちゃんが……」

「これはおまえ個人の負債だ。犬塚家は一切、関与しない」

「鬼ぃーっ！　悪魔ぁーっ！」

　日葵が助けを求めようとするけど、こればかりはどうしようもない。俺たち〝you〟の活動資金からだそうにも、さすがに足りないと思う。

「咲姉さん。紅葉さんって、どんな人なの？　なんか人をものみたいにやり取りしようとしたり、ちょっと理解できないっていうか……」

「んー？　いや、そんなに難しくはないわよ。言っちゃえば、ロボットなの」

「ロボット？」

「目標第一。あの子は自分の事務所を持つっていう夢を叶えるために、他は全部その駒だって割り切ってるタイプなわけ」

「自分の事務所……」

「そうよ、あんたと一緒。ただ、紅葉と仲よくなろうとか考えないほうがいいわよ。あんたとは真逆のアンテナの持ち主だし」

咲姉さんがショコラの木って書かれたお菓子の包みを開ける。羽田空港のビニール袋から取りだしたから、おそらく紅葉さんのお土産だろう。

「俺と真逆のアンテナって？」

よくわからない言葉だったけど、日葵と榎本さんは「あー……」と納得した様子だった。

咲姉さんは紅葉さんが置いていったミルキーチーズショコラをサクサク食べながら、さらに嚙み砕いて説明する。

「あんたは『自分に好意を向けてくれる人』のために頑張るでしょ？　平たく言えば、アクセのファンとか、応援してくれる日葵ちゃんたち」

「それが普通じゃないの？」

「紅葉は逆なの。自分を馬鹿にする相手を見返してやるために頑張るタイプ。『絶対アンチぶっ殺す主義』とでもいうのかしら。自分のやり方を認めない相手にこそ執着して、そいつを叩き潰すことでしか自分の成功を実感できないタイプ」

「何それ。すげえ不健全だけど……」

「でも、そういう気質の人間ってのは確かに存在するのよ。そしてそういう負の感情は、正しく努力する人間が持つと凄まじい破壊力を持つわ。実際に紅葉は成功しているし、そのやり方を否定することはできないでしょ」

そこにいる他の面子も、沈痛な面持ちで黙っている。どうやら、今の説明で意見が一致したらしい。……紅葉さんのミルキーチーズショコラおいしい。

「だからこそ、あんたのやり方がぬるく見えちゃうのよ。どっちが正しいってわけじゃないけど、日葵ちゃんの人生も関わってるなら猶更ね」

「日葵にこだわるのはどうして？」

「それだけ日葵ちゃんの才能を買ってるってことでしょ。あるいは、昔の自分を見ているようで、放っておけないのか……」

咲姉さんは意味深なことを言いかけて「おっと」と口をつぐんだ。

「どちらにせよ、勝負で勝たない限りは日葵ちゃんを諦めないわよ。あの子、すっごく根に持つタイプだから」

「……もし、日葵が逃げたりしたら？」

「たぶん一生、あんたたち狙われるでしょうね。紅葉はルールから外れることはしないと思うけど……たとえば市内に、まったく同じフラワーアクセの店を出して、真正面から資本力で叩き潰す感じ？　あんたたち、ひとたまりもないわねえ」

咲姉さん、からから笑ってるけど……正直、それ笑えないです。

そして自然と、俺たちの視線は日葵に集中していった。

「日葵……。そんな相手だってわかってて、スカウトのときあんな騙すようなことしちゃったわけ？」

「紅葉さんの事務所だってわかってれば、最初から断ってたよ⁉」

日葵が拗ねたように「それにあのときは悠宇があんなこと言って、こっちだって頭に血が上ってたっていうか……」ともにょもにょ言う。

それを言われると俺も弱い。この状況を生み出したのは、俺の責任でもある。……正直、俺たちの運命共同体って関係が完全に裏目に出たって感じ。

「ま、あんたたちには、ある意味ラッキーなんじゃない？　雲雀くんが出張らなかったら、チャンスすらもらえなかったわけだし。喧嘩別れした元カレも、たまには役に立つわねえ」

「咲良くん。それ以上は勘弁してくれ……」

雲雀さんが気まずそうに顔を背けた。咲姉さんは楽しげに、その頰を突いた。

その短い動作だけで、本当に咲姉さんと雲雀さんが友だちだったんだと実感する。俺の知らないところで、この二人……あるいは紅葉さんを含めた三人の関係が積まれているのだと思った。

雲雀さんが、コホンと咳をする。

「とにかく日葵の裏切りによって、紅葉くんが激怒しているのは事実だ。本契約を結んでいなくとも、一度は約束を交わしたものを気まぐれで反故にすることは人として恥ずべき行為だ。まさに畜生にも劣る。今の日葵は、そこらのドブネズミと同等の価値しかないだろう」

「え、お兄ちゃん言い過ぎでは？　さすがにドブネズミはやばくない？　アタシ、仮にも美少女なんですけど？」

「チューチューうるさいぞ。隅っこで黙っていろ」

「お兄ちゃん、ほんとは今日の打ち合わせドタキャンさせたの怒ってるでしょ⁉」

日葵がリビングの隅っこで涙目になりながら「チューチュー」と拗ね始めた。うちの猫の大福が、その背中をポンポンと尻尾で叩いて慰めていた。そしてそれを物欲しそうに眺める榎本さん。……おまえら自由か。

「でも正直なところ、勝てる気がしないんですけど……」

素直に言うと、雲雀さんが力強く肩を叩いてくる。

「悠宇くん、何も心配はいらない。この勝負に負けても、日葵を差し出して僕と二人でアクセショップを経営すればいい」

「絶対に負けられない戦いだっていうのは遠回しに伝わりました」

すると榎本さんが、ぴくっと反応した。

　ぐっと拳を握り、すごく張り切って叫んだ。

「わたしもいるし大丈夫だから！」

「榎本さん、すでに日葵がいない前提で進めてるんですけど……」

　そして日葵さん、こっちを「浮気者ぉ――……」って恨みがましく睨みながら大福の尻尾の毛をブチブチ抜くのやめて……。

「とにかく悠宇くんは、いつも通りベストなアクセを作ればいい」

「でもこの勝負内容、紅葉さん絶対に勝たせる気ないですよね……？」

　雲雀さんはフッと微笑むと、俺の肩を叩く。

「大丈夫だ。きみにはそれを覆すことができる。きみのアクセに惚れ込んで、僕はこうやって手伝っているんだから」

「…………」

　……そうだ。そもそも後悔している暇はない。

　どちらにせよ、勝たないと日葵が連れていかれる。前回、俺がアクセ作りをやめると言い出しても、日葵は俺を信じて待ってくれると言った。……それに報いるためにも、今回は俺が日葵を助けてみせる。俺たちは運命共同体なんだから。

　そう思っていると、ふと咲姉さんと目が合った。何か意味深な感じでため息をつくと、短く告げる。

「愚弟。ちゃんとやりなさいよ？」

「……？　う、うん。わかってるけど」

その表情が何を意味するのかは、正直、全然わかってなかったけど。

翌日。午前中には終業式が終わり、晴れて夏休みへと突入した。ＨＲが終わると同時に、日葵が浮き浮き笑顔で立ち上がる。

「じゃあ、悠宇。夏の思い出、探しにいこっか！」

うーわー……。

何それ、すげえ青春っぽいんですけど。さすがに俺もちょっと恥ずかしいわ。せめて教室で言うのは勘弁して。

「日葵。めっちゃ楽しそうな……」

「そりゃ夏休みだもん。楽しいに決まってんじゃーん♪」

「いやいや。おまえ、紅葉さんから狙われてんだよ？」

「悠宇が勝つから大丈夫だって！　それに、いざとなれば秘策も用意してるからさー」

「秘策？　そんなのあるの？」

日葵はフンッとどや顔で言った。

「一度、事務所に入って速攻でやめてくる！」

「おまえ、平気でそういうこと言うから怒られるんだぞ……」

そもそもそういう口八丁に頼ってるから、今回みたいなことになってんだろ。これは雲雀さんに報告しなきゃいけませんね……。

俺たちは教室から出ると、階段を下りていった。

「てか、それだと高校中退になるのは変わらないだろ。色々と面倒じゃない？」

「全然オッケーじゃん？　だって、悠宇が一生養ってくれるもんねー？」

「……一緒に店を経営するってことだろ。そういう言い方、紛らわしいからやめろって」

「紛らわしい？　なんで？」

「いや、なんかこう……け、結婚みたいな……」

ふと日葵が立ち止まった。

俺のほうが何段か下だ。そこから振り返ると、日葵の顔を見上げる形になる。

普段とは違う雰囲気の日葵の顔に……ちょっとドキッとした。

「アタシ、そういう意味じゃないって、言った覚えないよ？」

「え……」

日葵が両手で口元を隠しながら、恥ずかしそうに言う。

「アタシのことだけ、見ててくれるんでしょ？」

「…………」

マリンブルーの瞳が、不安げに揺れていた。

それはきっと、紅葉さんの影響もあるんだろう。いくら日葵が平然としているからって、まったく不安を感じないってことはないはずだ。日葵は一見して無敵っぽいけど……やっぱり、普通の女の子だったりするのを知っている。

「ひ、日葵。俺、絶対に紅葉さんとの勝負……ん？」

超シリアスでクサいことを言おうとしたら、日葵が口元を押さえてぷるぷる震えていた。

……あ、しまった。

「ぷっはーっ！　久々に悠宇から一本とーった!!」

「日葵ぃいいいいいいっ⁉」

油断した！

最近は榎本さんにヘルプ頼んでたせいで勘が鈍ってた！

日葵は嬉しそうに、上から俺のつむじを指先でぐりぐりしてくる。

「ねえねえ。悠宇、今のなんて言おうとしたの？『おまえのこと、紅葉さんから守って見せるぜ（キリッ）』って感じかなー？」

「ウッゼぇ。マジでウザい。おまえ、わざと負けてやろうか」

「えー？　そんなこと言ってさー。悠宇はアタシのこと大好きだもんなー？」

「…………」

まったく。俺はおまえをぷはらせるためのマシーンではな……うわっと！　いきなり日葵が階段の上から身体に寄りかかってきた！

「日葵、危なっ！」

「てかさー、最近、悠宇がつれなくてアタシ寂しいよー。もっとぷはらせてよー」

「どういう要求だよ。てか、マジで離れて。暑苦しいから」

「いやいや。美少女の生汗とか界隈ではご褒美じゃん？」

「生汗って何？　おまえ、そのオッサンみたいな語彙力マジでどうにかしたほうがいいと思うわ。どこ界隈のアイドル目指したらそうなるの？」

めっちゃ早口でツッコみながら、俺の心臓はばっくばくだった。

てか、もう無理。限界。日葵が密着してきて、マジで息ができない。悪いけど美少女の生汗とか楽しんでる心の余裕ない。まさか……これが恋？　そうだよ恋だよ畜生め。

思わず、腕で振り払っていた。

「てか、マジで離れろ！」

「あうっ⁉」

あっ。

強引に振りほどいた日葵の腕。

それは思いがけない勢いで、日葵を突き飛ばした。日葵の身体がバランスを崩し……そのまま階下に落下する。

（やば……っ！）

と肝が冷えた瞬間……日葵が踊り場に、どてっと尻もちをついた。

そして日葵が悲鳴を上げた。

「いったあーいっ！」

「ひ、ひま、え、大丈夫……？」

日葵がキッと睨むと、俺の脚をべしっと叩いた。

「もうっ。悠宇が暴れるから落ちたじゃーん」

「あ、えっと、その……ごめん」

さっきとは違う意味で、心臓がばくばくしていた。

ちょうど踊り場の付近だったからよかった。もし、これが上のほうだったら……。

（……日葵に気を取られすぎて、集中力がバカになってる？）

ハアッとため息をついた。

気をつけないと。日葵ってコミュニケーション過激だし、俺がやりすぎると……いや待て？

そもそも日葵がくっついてくるから悪いのでは？

俺が唸っていると、上のほうから声がした。

「ゆーくん。ひーちゃん。何してるの？」

「あ、榎本さん」

見上げると、榎本さんが軽いステップで降りてくる。……胸が。

俺が目のやり場に困っていると、起き上がった日葵がそっちに泣きついた。

「えーん。えのっちー、悠宇から落とされたーっ。そのおっぱいで慰めてーっ！」

「どうせひーちゃんが余計なことしたんでしょ。自業自得だよ」

日葵への圧倒的な信頼が揺るがねえ。

榎本さんは見ていたかのように看破すると、どさくさで胸に顔を埋めようとする日葵の頭を掴んだ。

いつも通りアイアンクローで日葵の煩悩を滅しながら、俺のほうに向いた。そして眩いばかりの可愛い笑顔で「えへ」と笑う。

「ゆーくん。夏の思い出、探しに行こう」

「その右手の先で日葵が悲鳴上げてなきゃ、もっと青春感あったんだけどなあ」

絵面がよ。

どっちかっていうと、マッドな処刑人って感じなんだよ。榎本さんって可愛いふりしてるけど、やっぱりあの紅葉さんの妹だよなあって思う。

とりあえず、三人で真夏の町へと繰り出すことにした。

……てか、暑っつい。

燦々と照り付ける太陽、照り返すアスファルト。田舎の国道……めっちゃ熱い。

これじゃ夏の思い出どころじゃない。

ということで、俺たちはさっそく屋根の下に逃げていた。

10号線から、ちょっと裏道に入ったところにある隠れ家的な喫茶店。

喫茶家まっしー。

正直「それ一枚で十分じゃね？」って感じのワッフルを四枚も豪快に積み上げたアイスプレートをワンコインで食べられるお店。味もさることながら、惜しげもなく格子状にかけられたチョコレートソースがめちゃくちゃ映えるのだ。

これが田舎のびっくりクオリティ……たぶん都会なら1000円以上取られてると思う。

ふわふわのワッフルに、溶けたバニラアイスを浸み込ませる。チョコレートソースをちょんとつけて、もりもり頬張った。いとうまし。

甘味はいい。季節に関係なく俺の心を潤してくれる。問題は、向かい側からめっちゃスマホ構えて凝視してくる榎本さんだけど。

「……榎本さん。ワッフル食べる俺なんか撮って楽しい？」

「うん。新しい発見に満ちてる」

「じゃなくて、スイーツ撮ったほうがいいんじゃない？」

「あ、大丈夫だよ。わたしのTwitterに載せるのはもう撮ったから」

「そういう意味じゃないんだよなあ……」

遠回しに「お願いだからやめて」って言ったつもりだけど伝わらなかったみたい……あ、なんかにやっとした。これ伝わってるけどすっとぼけてるパターンだわ。それも可愛いってなるからマジでズルい。

そんで隣の日葵がにこーっと圧をかけてくるの何なの。

なんか「おーおースイーツ&アタシっていう最強可愛いコンビを差し置いてイチャイチャとお熱いことですなあアイスも溶けちゃうぜ」って感じ。いや今の日葵が『真夏のワッフルとストロベリーソースを添えて』みたいなフレンチメニューになりそうな可愛さを誇っているのは認めるけど、スイーツで可愛さアピールする女性ってプライド高そうで苦手なんだよな……。

口直しのワッフルを口に入れながら、俺はふと疑問を告げた。

「そもそも夏の思い出……って何？」

「アタシに言われてもなー」

なんとなく町に出てみたけど、闇雲に動き回るのも違う気がする。てか、死ぬ。この太陽の下を自転車で町中駆け回るとか、小学生にしか許されない。

榎本さんが、アイスティーをちゅーっと飲みながら聞いた。

「今回は花壇の花を使うの？」

「いや、あれは開花までもうちょっとかかるから。今回も花を買ってくるか、あるいはどこかで自生してるのを採取するか……」

今回は、テーマがかなりふわっとしてるからなあ。

榎本さんと初めてやったときは『恋』、そして学校の生徒たちもそれぞれ目的がはっきりしていた。しかし、今回は『夏』であり『思い出』。

どの時点での夏か。誰の思い出か。普遍的なもの？　個人にフォーカスしたもの？　夏の暑さを表現する？　あるいは今の俺たちのように、暑いゆえに嬉しい涼？　そもそも日本の夏とも限らない……？

よくあるテーマといえばそうだけど、自由度が高すぎて逆に意味不明。

「……何より、今回はクライアントと意思疎通できないのが難しい」

これまでは基本的に、都度でクライアントにチェックを求めていた。それができないのが、何気にきつい。

そもそも正解のない問いに、クライアントの気分というフレーバーを追加して、さらに混迷を極める最後の一問。咲姉さんが好きな『HUNTER × HUNTER』とかでありそう……。

日葵がスプーンについたストロベリーソースをぺろっと舐めながら言った。

「こりゃ花より、シチュから攻めたほうがよくない？」

「シチュエーション？」

「夏っぽい風景をひたすら写真に撮っていって、後から花を合わせる感じ？」

「そっちかあ……」

つまり、榎本さんとやったときの逆だ。

でも、そっちは得意じゃないんだよなあ。俺って中学まであまり友だちと遊ぶ経験なかったから、こういう一般論を探すみたいなの苦手。

「じゃあアタシとえのっちで、夏っぽいこと考えてみる？」

「ええ……。ひーちゃん、絶対にえっちなネタしか言わなそう」

「どんだけ？　アタシ一応、女子高生なんですけど？」

「日頃の行いだと思うけど……じゃあ、試しに何か言ってみてよ」

完全に榎本さんに同意なので、俺としては聞きたくないけど。

日葵が名誉挽回のチャンスを得て、うーむと考える。一休さんみたいにぽくぽくやっていると、やがてカッと目を見開いた。

「ほら、10号線から海側に入ると畑が広がってんじゃん？」

「あー、あるな」

「そこにたくさん自販機置いてる無人のプレハブあるんだけどわかる？」

「あの昔ながらの無人販売所って感じのところ？　確かに風景は夏っぽい気がするけど……」

「夕暮れ。部活からの帰り道。僕は幼なじみのきみと、一緒に家に帰っていた」

「おおっと。なんかストーリー始まった……」

日葵はどや顔のまま、滔々と続きを語った。

「突然の通り雨。僕たちは近くのプレハブで雨宿りする。薄暗闇に包まれる一面の畑は雨の帳に遮られ、僕らの姿も声も、世界から消えていたんだ。二人だけしかいない、この3センチの肩の距離。淡い自販機の灯りに照らされて、きみの頬は紅く染まっていたね――」

三文小説か。

言っちゃ悪いけど、やっぱり日葵ってクリエイティブな方面、向いてない気がする。こいつ消費したり転用したりするのは得意だけど、自分で作るのは何より苦手。料理とかもマジで大の苦手らしいし。

俺がげんなりしていると、榎本さんはけっこう真剣に聞いていた。

「それで、二人はどうなるの？」

ふんふんと鼻を鳴らしながら、ちょっと食い気味に聞き返す。実はこういうの好きなのかな。可愛い。

「その後？　んー……」

日葵のやつ、何も考えてなかったっぽい。

あ、これ嫌な予感がするやつだと思った瞬間、いきなりぶっ放した。

「濡れて透けたピンクのブラに我慢ができなくなった僕は……」

「はい却下。やっぱおまえ喋るの禁止な」

結局、エロネタに走るじゃねえか。

榎本さんとか、かなり期待してた分がっかりもすごい。フォークでワッフルをグサグサ刺しながら、どよーんとした感じでつぶやいた。

「やっぱりひーちゃんの一番目指すのやめようかな……」

「失敬だなー。まるでアタシと友だちと思われたくないみたいじゃーん」

日葵、そう言ったんだぞ……。ちなみに俺も全く同じ気持ち。そのニリンソウのリング返してほしいくらい。

日葵が「これだから初心なやつらはさー」とぷんぷん怒りながら聞いてきた。

「じゃあ、えのっちはどうなん？」

「え？　わたし？」

「えのっち昔から恋愛漫画とか好きだし、夏の甘酸っぱい思い出とかうるさそう」

「こだわりとか、特にないけど……」

そこでふと、榎本さんと目が合った。なぜか顔を真っ赤にして、視線を逸らしながらもにょもにょとつぶやく。

「わたしはゆーくんとならどこででもいいよ……？」

「ねえ、今って理想の初体験の話してたっけ？　マジで勘弁して……」

夏の思い出ではあるけれど。普段から日葵の下ネタに付き合ってなかったら喀血してるところだよ。

あと日葵、口元に手を当てて「うわー、えのっちだいたーん♡」みたいに煽るのやめてくれませんかね。後々めっちゃ気まずくなっちゃうからさ。

「まあ、そんなに難しく考えずに、手ごろなところから攻めてみるか……」

俺は残りのワッフルを平らげた。うまかった。うまかったけど、昼飯ナシだったからちょっと物足りないような気もする。

とはいえ、ここで追加注文すると残しそうだし。

「あ、悠宇。こっちあげるー」

隣の日葵が、自分のプレートを差し出してきた。

ちょうど半分残っている。残っているというか、最初から取り分けてあった感じだ。

「日葵。おまえ食わんの？」

「いやー。今日お昼ごはんなかったし、悠宇が足りないだろうなーって思ってさー。アタシには多いし、食べていいよー」

……うーん。

なんかアレだな。いくら親友といえど、餌付けされてる感じがして恥ずかしい。いや、そう言うならありがたくもらうんだけど。

とかやっていると、なぜか榎本さんが挙動不審だ。

「わ、わたしもいいよ！」

「まさかの榎本さん乱入……」

どういうことでそうなるの？　俺そんなに物欲しそうに見てた？

俺が困惑していると、日葵がフッと余裕の笑みで榎本さんを挑発する。

「ほほー。えのっち、やるじゃん？」

「……ひーちゃん。負けない」

待って待って。

間の俺を差し置いて勝手にシリアスぶらないで。ぶっちゃけなんで競ってるのかもよくわかんない。

すると、日葵が動いた。

「はい、悠宇。あーん♡」

「………」

ぐはあっ……。

わざわざ「あーん」する必要なくない？　しかも食べやすいように丁寧にカットされた一口サイズのワッフルに、同じように小分けされたアイスとストロベリーソースが綺麗にのっている。さてはおまえ、ラーメン食べるときレンゲの上にミニラーメン作るタイプだな⁉

「んふふー。アタシみたいな美少女に食べさせてもらえて、悠宇ってば果報者だよなー。ほらほら、アタシたちの仲のよさをアピってこーよ♪」

「誰にアピんの？　そんでどういうメリットがあるわけ？」

「さあどうだろうなー？」

ちらっと榎本さんを見やる。

するとムッとした榎本さんが、慌ててフォークでワッフルを串刺しにした！

「ゆーくん。こっちも！」

「うっ……」

榎本さんが当然のように競ってくる。

そっちは割と豪快に串刺しにされたワッフルを差し出される。榎本さん、その美的センス許せるの？　確か洋菓子店の跡継ぎだったよね？　てかそのワッフル、さっきフォークでグサグサ刺したせいで穴だらけなんですけど……。

「さ、悠宇♡」

「ゆーくん！」

二人の綺麗な顔が、ぐいぐい寄ってくる。思わず後ずさって、椅子がガタッと音を立てた。

夕暮れの雨宿り、彼女のピンクのブラに我慢ができなくなった僕は……って感化されてんじゃねえよ俺。

圧だけはすごい伝わる。

たぶん最初に食うほうがどっちかで競ってるってのもわかる。

いや、どっちにしろ女子に食わしてもらうとか恥ずかしいんですけど。自分で食べ……あ、ダメっすか。瞳の動きだけで察されてギンッと鋭く睨まれちゃった。

（……冷静に考えると、日葵のほうもらえばいいんだけど）

俺たち親友だし？ これまでも食べ物のシェアは普通にやってたし？

でも、なんだろう。今の俺の心理状態で、それはやばい気がする。具体的に言うと、緊張しすぎて挙動不審になっちゃいそう。

ええい、ままよ！

「……あむっ」

「あっ⁉ 悠宇！」

榎本さんのワッフルに食いついた。

勢いに任せてばくばく全部頂く。ごくんと飲み込んで、ぐっと親指を立ててみた。なお、やはり雲雀さんみたいに歯は光らない。

「榎本さん。ご馳走様でした！」

「う、うん。こちらこそ……」

榎本さんがめっちゃ恥ずかしそうに椅子に座り込んでしまった。こちらこそって何？

まあいいか。それより、これで危機を脱することが……。

「じゃ、日葵。そっちのは自分で食べ……ああっ⁉」

日葵がバクバクバクッと残りのワッフルを完食した。もぐもぐと食べながら、じとーっと不機嫌そうな表情を向けてくる。

「日葵。ワッフルくれるんじゃなかったの？」

「うはひひほほひあへふわっふふふぁはい」

「なんて？」

「んっ。……裏切者にあげるワッフルはない」

マジかよ。そっちのストロベリーソースもちょっと楽しみにしてたのに……。

てか、なんで日葵が不機嫌だし。おまえが余計なことしてくるからこうなったんだろ。俺はやるせない気持ちを抱えたまま、お会計を済ませるのだった。

♣♣♣

青い海！

眩しい太陽！

そして波打ち際で戯れる美少女二人！

「アハハ！　ほら、えのっち！」

「ひーちゃん。冷たいよ！」

きゃーっと水をかけ合いながら、パシャパシャと走り回る。蹴り上げる水滴が太陽の光を反射して、キラキラと眩しかった。

ピロンッ。

俺はスマホのシャッターを押し続けた。向こうのサーファーさんから見たら、どう考えても不審者では？　いやいや迷うな。俺のためにやってくれてるんだ。俺はインスピレーションが湧くまで心を無にして撮り続けろ。

一通り撮り終わると、二人に向けて手を振った。日葵と榎本さんが波をザブザブ蹴りながら戻ってくる。

「ういー。どっすかー？」

「ひーちゃん、本気で水かけてくるんだけど……」

榎本さんがカーディガンとかスカートを気にしている。まあ、潮水は普通の洗濯じゃ落ちづらいからなあ。

日葵が「ごめんごめん」と言いながら、榎本さんにタオルを渡した。

「明日から学校行かなくていいし、うちで一緒にクリーニングだしとこっか？」

「いいよ。ひーちゃん家で着替えると、サイズ合う服の替えないし……」

日葵がピクッと反応する。

「んふふー。ナチュラルにアタシのバストに喧嘩を売るとは、えのっちもやるよなー♪」

「………ほんとのことだし」

日葵がにこーっと笑いながら、両手をわきわきと動かす。

榎本さんがじりじりと後退しながら、額に一筋の汗を流した。

「おらー、ギルティだこらーっ！」

「ちょ、ひーちゃん⁉　やめてってば！」

おーい。あんまり走り回ると、砂に足取られて転ぶぞー。

インスピレーションを求めて試しに近くの浜辺にきてから、二人ともテンション高めだ。やはり夏の海は本能を開放させるらしい。

キャッキャとハシャぐ女子二人を無視しながら、さっき撮った写真をチェックする。いくつかいい感じのはあるんだけど、なんかこう、もう一押し……。

「可愛く撮れてると思うけどなー」

「うおっと」

日葵が急にスマホを覗き込んできてビビった。美少女を異性として意識しちゃうと何やられてもドキッとしちゃうから心臓に悪い。

榎本さんも写真を見て「いいんじゃない？」って言ってくれるんだけど……。

「うーん。夏……って感じはするけど」

「思い出？」

「ポカリのＣＭみたい」

それなあ。

それはそれで素敵なものだけど、今回のテーマには向かなさそう。てか、クライアントの紅葉さんに合わなさそう。あの人、真っ赤なルージュとキラキラファンデーションのイメージだし。……あるいは牙狼の二つ名を持つ雲雀さんすら黙らせる最古の龍って感じ。

「紅葉さんとの約束は盆明けだから……期限まであと三週間か」

今回は量産するわけじゃないからデザインに集中できるけど、余裕があったらいくつかパターンも作りたい。俺たちの未来が掛かってるんだし、普通のじゃダメだ。そう考えると、楽しい夏休みからはずいぶん遠ざかってしまった。

浜から上がると、防風林を歩きながら国道のほうへと向かう。

その途中でも話し合ったけど、いまいちピンとくる案は出なかった。

「うーん。お盆はアタシいないからさー。それまでにビシッと決めておきたいよなー」

榎本さんが首をかしげる。

「あれ？　ひーちゃん、お盆どこか行くの？」

「日葵はほら、この時期はお父さんのほうのご実家に挨拶に行くから」

すると日葵が、人差し指でえいっと額を小突いてきた。

「アタシがいない間、浮気しちゃダメだぞ♪」

「浮気て」

「ちなみに、アタシは向こうの女の子たちと遊んでくるけどさー」

「約束が等価交換になってない……」

いや、日葵がいないなら予定とかないし、別にいいんだけど。

ふと背後から視線を感じて振り返った。榎本さんが「つまり、ゆーくんと二人っきりでデートするチャンス⁉」って感じで目をキラキラさせながら見てくる。

「……俺、アクセ作りに集中しなきゃだから」

「チッ」

榎本さん、舌打ちした？　ねえ、舌打ちしたよね？

前回の暴露以来、榎本さんが黒い部分を隠そうとしなくてドキドキする。……もちろん恋のときめきという意味ではなくて。

防風林からでたところにローソンがあった。日葵と榎本さんが「アタシ、フローズンマンゴー！」「わたしはチョコのほう！」って叫びながらてててーっと走っていく。

俺は何にしよっかなー。さっき甘味食べたし、ここはがっつりLチキに……てか潮風にあってたせいで喉乾いたな。

ローソンから、すれ違いで小学生の集団がでていった。やはりアイスとかジュースを持って、わいわいと騒いでいる。

さすが小学生。この暑さでも元気に外で……あ、みんなSwitch持ってる。これからこの中の誰かの家でゲーム三昧ってところか。

その子たちを見送って、俺もローソンに入った。エアコン最高。ビバ文明。

「……んん？」

さっきのSwitchを持った子たちを振り返った。

それから、一人でうーんと考え込む。

「何か買わないの？」

「あ、日葵。買い物早いな……」

「いやー、さっきから口寂しくてさー。さすがにこの暑さでヨーグルッペ持ち歩くわけにはいかないしなー」

そう言いながら、フローズンマンゴーをストローでシャクシャク砕いている。それが終わるとストローですごーっと吸いながら……あ、頭がキーンとしてる。良家のお嬢様どこいった。

「悠宇。さっきは難しい顔してどうしたの？」

「あ。それだけど、あの子らのSwitchで思い出したことあってさ……」

日葵が不思議そうに小首をかしげた。

俺はそれに対して、さっき思いついたことを話した。

その翌日。

俺たち三人は、昼過ぎにある場所を訪れていた。

商店街の裏道の先にある、住宅街の片隅。そこに一軒の平屋がある。周囲を土塀が囲んでいて、入口には『新木生花教室』という小さな看板があった。黒のマジックで『予約制』と追記されているが、肝心の電話番号はどこにも書かれていない。

榎本さんが、キョロキョロしながら聞く。

「ここが、ゆーくんが通ってたところ？」

「そうだね。高校に上がってからきてなかったけど……」

猫の額ほどの庭には、落ち着いた色合いの盆栽が並べられている。派手さはないが、どれも品性が感じられて美しい。それが調和となって、家の前を通る人たちの心を癒すのだ。

その庭から、子どもたちの賑やかな声がした。

二人と一緒に入口の門を通り、玄関のインターホンを鳴らす。家の中でピンポンと音が鳴ったが、家主の声がしたのは庭先のほうだった。

「こっちでーす。どうぞー」

玄関から庭に進んだ。

軒下で近所の小学生たちとポケモンに興じる妙齢の女性がいた。

黒髪を後ろで一つに結び、黒縁の眼鏡をかけている。ラフめのキャミソールに、タイトなジーンズといういで立ちだ。

この生花教室の先生で、名前を新木由美。俺は普通に新木先生と呼んでいる。

彼女は俺たちを見ると、にこっと爽やかに微笑んだ。

「お、夏目くん。ちょっと待ってね」

そう言って、彼女はSwitchの画面に視線を戻した。

小学生たちが、対戦している男の子に後ろからきゃーきゃー声援を送っている。それに立ちはだかる新木先生が、キランッと目を輝かせた。

「喰らえ、必殺のゴーストダイブ！」

「うわ、ミミッキュずるいってせんせー！」

大人げねえ……。

小学生をガチめにボコボコにしている30代を見ながら、俺は気まずくなっていた。新木先生は勝利の余韻に浸りながら、小学生たちに千円札を二枚握らせる。

「向こうのスーパーでアイス買っておいで」

小学生たちがきゃーっと歓声を上げて出ていった。

新木先生はこっちを向くと、面子を見回した。

「犬塚ちゃんも久しぶり……おや、また可愛い女の子が増えてるねえ」

「え、榎本凛音です。こんにちは！」

「アハハ。そんな緊張しないで。新木です。流行らない生花教室やってます」

その流行らない生花教室に通ってたのが目の前にいるんですけどねえ……。

俺がリアクションに困っていると、新木先生はサンダルを脱いで俺たちを招き入れた。

「お待たせ。こっちから入って」

日葵たちと一緒に、靴を脱いで上がらせてもらう。

十畳以上ある広い和室……普段、生花教室を開いている場所だ。

そこで待っていると、新木先生がキッチンから戻ってきた。お盆に麦茶と、俺たちが持ってきたお土産のお菓子がある。それを一緒にもらいながら、先生に言った。

「ポケモン、ハマってますね」

「いやー、夏目くんが通ってた頃に覚えたのが、わたしの趣味になっちゃった」

「でもさすがに、小学生相手に環境とか考慮した全力ってどうなんです？」

「この世は弱肉強食だから。いずれあの子たちも気づいてくれる」

マジで大人げねえ……。

とはいえ、ああやって小学生と同じ目線で遊んでくれる大人って、イマドキ珍しいのは確かだ。俺も通い始めの頃は、かなりよくしてもらったし。

「しかし、きみもついに犬塚ちゃん以外の愛人を囲う年頃になったかあ」

「新木先生。言い方。その言い方やめてくれません？」

「アハハ。犬塚ちゃん、最近は旦那の調子はどうなの？」

新木先生が聞くと、日葵が麦茶を飲みながら肩をすくめた。

「お花バカは相変わらずですねー」

「相変わらずかあ」

「お花よりアタシのご機嫌取りも頑張ってほしいかなー？」

「そりゃ大事だねえ」

からからと笑い合う。新木先生が「だってさ？」って俺に視線を向けた。

俺はつい咳払いで誤魔化した。この人、日葵が初めて個展にきてから、ずーっと俺のことを旦那旦那と茶化してくるのだ。

「それより、今日はいきなりすみません」

「予約なかったし、いいよ。もう一年ぶり？　どうしたの？」

「ちょっとわけがあって、ここで他の人の作品とか見せてもらえないかなって……」

「ほほう。きみが他人の作品を見たがるなんて珍しい。さてはインスピレーションに行き詰ってるね？」

「そんな感じです……」

新木先生は立ち上がり、廊下に向かった。

「夏の個展は来月だから、過去作の写真しかないや。それでもいい？」

「あ、はい。もちろんです」

新木先生は部屋から出ると、何冊かのアルバムを持ち出してきた。それを新しいものから順に広げていく。

「いい加減デジタルに移したいんだけど、なかなか手が付けられなくて」

「インスタとかやらないんですか？　他の生花教室でやってるところもありますけど」

「今は生徒さんの相手より、ゲームやってるほうが楽しいからなあ」

「新木先生……」

　俺が小学生の頃、この教室でお世話になり始めたときのことだ。

　新木先生はその頃の俺と意思疎通を図ろうと、手当たり次第に子どもの喜ぶ遊びに手を出したらしい。結果として、俺はまったく釣れずに先生自身が深い沼にハマることになった。

　とりあえず、アルバムをめくってみた。

　今年の個展に出品した作品や、リフォーム業者からの依頼で設計した庭園の写真などが並んでいる。

　それを一枚一枚見ていると、ふと俺と日葵の写真があった。というか、そこから何ページかずっと俺と日葵の中学時代の写真ばっかりだ。最初に個展を見にきてから、たまーに日葵も通うようになったんだよ。……この写真にあるエキセントリックな生け花の数々を見れば、結果のほうはお察しだけど。

　榎本さんが興味深々という感じで覗いている。

「ひーちゃん、今より可愛いね」

「えのっちー？　今は可愛くないとでも言いたいのかー？　んー？」

　新木先生が笑いながら言った。

「この頃の犬塚ちゃん、髪が長かったよねえ。もう伸ばさないの？」

「んー。悠宇がはんだごてでアタシの髪燃やさなくなったら考えよっかなーって」

「せっかく髪、綺麗なのにねえ。まあ夏目くんは犬塚ちゃんのショート好きって言ってたし、いいんじゃないかな」

あ、ちょっと……。

「ほー？」

日葵の目がキランッと光ると、ずいっと顔を近づけてきた。めっちゃご機嫌そうに笑いながら、俺に詰め寄ってくる。

「んふふー。悠宇、それホント？」

「い、一般論の話だろ。あくまで一般論として、日葵に似合ってるって話であって……」

「えー。好みって主観じゃん？　つまり悠宇が、今のアタシを好き好き大好き愛してるって言ってるのと同じだよね？」

「いや、これ髪の話だよね？　好き好き大好き愛してたらヤバい流れだよね？　てか、この話を掘り下げる必要なくない？　それよりアルバムの続き……」

「そんなことないよー。今回の勝負は主観と偏見をねじ伏せるものを作るのが課題なわけですし？　つまり、悠宇の内に潜む主観と偏見にフォーカスするためにもこの議論は……」

助けを求めて榎本さんに目を向ける。

その榎本さんは、なぜか自分の髪をつまんで難しい顔で考え込んでいた。

「……切るか」

「切らなくていいから！　榎本さんは今の髪がいいと思います！」

危ないなこの子！

日葵が切った経緯はともかく、もうちょっと自分を大事にしてほしい。

そんなことを言っていると、ふと新木先生が提案した。

「気分転換にやってく？」

「予約してないのに、いいんですか？」

「まあ、未経験者もいるのに写真だけってのも味気ないからねぇ」

榎本さんが、興味深そうに目を輝かせている。

「榎本さん、やってみる？」

「うん。やりたい」

じゃあ決まり、と言って新木先生と一緒に準備にかかる。ふと視線を感じて振り返ると、
日葵がちょっと微妙な顔で見ていた。

「日葵もやるだろ？」

「あ、えっと……」

少しだけためらう素振りを見せる。

それからいつもの明るい笑顔で言った。

「アタシは、二人がやってるの見てるよー」

「え、マジか」

珍しい。昔は進んでやりたいって言ってたのに。

それに少しだけ違和感を覚えたけど、俺は気にしなかった。それよりも、久しぶりの生け花にちょっと心が躍っていた。

まあ、今日は暑いし。ちょっと疲れたんだろうなって思ったんだ。

子どもの頃から、アタシは何かを作ることが苦手だった。

手先は器用なほうだし、要領もいい。でも何かを作ろうとすると、必ず途中で飽きてしまう。

小学校のときの図画工作も、音楽とかも、料理でも。……そして生け花でも。

ず〜っと前、お兄ちゃんに言われたことがある。

『日葵。おまえは完成をイメージして取り組むのが苦手だな』

それがすごく的を射ていた。

アタシは基本的に、なんでもできる。完成までの道筋さえ提示されれば、それを完コピするのは得意だった。

勉強も、スポーツも、ゲームとか音楽とかも。

最初に「答えはこうですよ」って言われて、それを真似すればみんなが褒めてくれた。その代わり、自由にしていいですよっていうのがびっくりするほど苦手だった。そういう授業は、だいたい先生か他の生徒を見本にして作っていた。

それで、よかったんだけどさ。

だってその真似ですら、完璧にできる人って少ないじゃん？　アタシはお調子に乗るのが大好きだったし、みんながちやほやしてくれるので満足だった。

でもある日、テレビを見てたんだ。バラエティー番組で、関東の大きな動物園のお猿さんが出演してた。その子が出演者の真似をするたびに、芸人さんとか観客のお姉さんたちがキャーキャー言ってた。

（……あ、アタシってコレじゃん）

そう思ってしまったんだよね。まさに猿真似。

それ以降、なんか自分の価値がゼロみたいな気がして、何してもつまんなかった。可愛いから好きになった付き合おうよって男の子が言ってきても、なんでか最終的には本気で好きって気持ちを求めるのなんなんって思ったし、それって別にアタシじゃなくていいよねとも思った。最初からきみのこと好きな子を探して可愛くしてください時間の無駄です。

そんな感じでスレていたのが、悠宇に出会った頃のアタシだった。

悠宇といるのは楽しかった。

アタシのこと信じ切ってくれてたもん。それまでほんとに友だちいなかったみたいで、雛鳥を餌付けしてる気分になれた。

光源氏だっけ？　自分の好みの女の子を育てようと思った変態さん。古典の教科書で読んだくらいしか知らないけど、アタシもまさにそんな気分だったんだろうな。

自分では何も作れないアタシは、悠宇の夢を手伝うことで自分だけの価値を得ようとした。

そんな小ずるい目論見に、悠宇が気づかないのをいいことに。

……でも、アタシは失敗した。

いや、そもそも成功するはずのない相手を選んでしまったんだろうな。アタシは悠宇から唯一無二の価値を得る代わりに、悠宇のアクセを外の世界に発信した。その結果として、えのっちのようなもっとお似合いの相手を呼び寄せてしまったわけだ。

新木先生の生花教室。

いい匂いのする畳に寝転がって、アタシはそんなことを思っていた。

視線の先――悠宇とえのっちが、二人で仲睦まじく生け花にチャレンジしている。「やってみる？」って言った新木先生は庭から適当な草花を採ってくると、道具の準備だけして小学生たちとのポケモンに戻っていった。仕方なく残された悠宇が、えのっちにレッスンする形になったんだけど……。

「……ゆーくん。難しい」

「うーん。そうだね」

花器に豪快に盛られた草花の山を見て、二人で唸っている。

確かにすごい。あえて言うなら、フラワーかつ丼って感じ。アタシが人のこと言えた義理じゃないけど、別のベクトルでセンスを感じないなー。

新木先生の教育方針は「まず楽しく」で、小難しい基本技術の前に好き勝手にやらせるのだ。悠宇もそれに則って始めたんだけど、案外、えのっちは美的センスに長けてるってわけじゃなさそう。昨日の串刺しワッフルもやばかったし。

（やっぱり自由にやるなんて難しい）

なんとなく、心の中で安心している自分がいた。だって、ここで未経験者のえのっちが華麗にクリアしちゃったら、アタシほんとに惨めじゃん。

そんなことを思っていたら、悠宇がえのっちのフラワーかつ丼に触れた。

とにかくてんこ盛りになった花を、丁寧に抜いていく。花器を空っぽにすると、抜いた草花を手に取った。剣山で傷んだ茎の先端を、花鋏で切り落としながら言う。

「まず慣れないうちは、生け花を面で見せることを意識するといいよ」

「面って？」

「生け花は３６０度全方向から鑑賞できるけど、まずはそれを絞るようにする。最初から１００％を目指すんじゃなくて、まずは30％を１００％の見栄えに仕上げる感じかな。だいぶイメージがつきやすいと思うんだけど」

わかんねぇ〜〜〜。

傍で聞いてるアタシ、全然わからんのだが？　30％を100％にするってどういう計算式なの？　いつも悠宇のアクセ作り見てるのに、何を言ってるのかさっぱりわからん。

わー。悠宇の瞳、すごくキラキラしてる。ほんと、お花のことになると楽しそうだなー。でもわかんない。たぶんえのっちだって……。

「あ、なるほど」

あれ？

えのっちは平然と言うと、花器を少し回転させた。

「こっちの前面から見える分だけを、まず見栄えよくするってこと？」

「そうそう。裏のほうは完全に無視するんだ」

「うちのお店の玄関口だけ綺麗に掃除して、見えない裏口に段ボール積み上げる感じだね」

「うーん。まあ、そういうことではあるけど……」

それから二人で、再び花器に花を挿していく。

「花の数が多すぎるのも、実はあんまりよくないんだ」

「そうなの？」

「生け花とフラワーアレンジメントは、ちょっと楽しみ方が違うからね。生け花は空間を楽しむって言えばいいのかな」

「あ、ちょっとわかるかも。ケーキは食べる前のわくわく感も醍醐味だよね」

「そうそう。そんな感じ。花の数にも基本があって……」

……二人がアタシのわからない話をしていくのを、じっと見ていた。

えのっちの二つ目の生け花が完成するのに、それほど時間はかからなかった。それを見て、アタシはただ呆然としていた。

(……綺麗だ)

小さな百合の花が一輪、中央にある。それを彩るように、周囲に草木が控えめにちりばめられていた。

たった一輪の主役を引き立てるために、そのすべてがある。今、この部屋にいるアタシたちですら、可憐な純白の花を愛でるための道具に成り下がるような……そんな気がした。

まだ拙いのはわかるんだけど、上品さがあって素敵だなって思った。純粋に花の美しさだけを表現しようとした結果、それ以外は何も見えないようなモチーフ。

なんというか、えのっちから見た悠宇って感じがした。

「ゆーくん。どう?」

「すごくいいと思う。俺がここに通い始めた頃より……」

その完成したやつを、二人で楽しそうに一緒に見ている。その二人の配置がすごく自然だった。なんというか、ずっと前からそうだった感じ。

(……なんで、あの感性を持ってるのがアタシじゃないんだろう)

悠宇への恋に気づいてから、こういう気持ちは未だに持て余す。

どれだけ満たされても満足できない。

アタシは欲しがりだから。いつだってあるものよりも、足りないものを見てしまう。

ショートボブにしたアタシの髪が、畳にゆるく広がっている。それに指で触れて、悪戯に絡めてみた。さらさらで気持ちいい。どんなときにも潤い艶やかな、お祖母ちゃん譲りの薄い色素の髪。

さっき新木先生が言ったことを思い返した。

『せっかく髪、綺麗なのにねえ』

中学時代。悠宇がアクセを作ってるとき、はんだごてでアタシの髪を焼いてしまったことがあった。いや、あったじゃなくて、よくあった。

悠宇の後ろに抱き着いて作業を見ていると、作業に集中した悠宇のはんだごてが当たって焼けちゃうのだ。

チリチリに焦げた毛先を見て、毎回、悠宇が申し訳なさそうに謝るのが可哀想だった。そもそも、アタシが気を付ければいいことだったから。

ということで、高校進学のときにバッサリやっちゃったんだけど。

『ひーちゃん、今より可愛いね』

えのっちに悪意がないのはわかってる。

正直、アタシも中学生の頃のほうが愛嬌あっていいと思う。でも悠宇の情熱の瞳を独占するためには、長い髪は邪魔だったから。

（……ほんとは髪長いの、好きだったんだけどな）

ねえ、悠宇。

もしアタシの髪が長かったら。

えのっちと同じくらい長くて、もっと女の子っぽい性格だったら。

アタシだけを見てくれた？

えのっちよりも、アタシのことを好きでいてくれた？

……とか乙女チックなことを考えてる自分、かなりキモチワルイよね。ちょっと悪寒が走っちゃった。やっぱり向いてないわ。

（ちょっと外の空気吸ってくるかー）

ちぇーっと拗ねて、庭のほうに出てみた。

さっきまで騒いでいた小学生たちはいなくなっていた。新木先生が一人で、タバコを吸っている。

軒下に下げた風鈴が、チリンチリンと涼やかな音を奏でていた。

「せんせー。さっきの子どもたちは？」

「帰ったよー。明日は一緒に夏休みの宿題するんだ」

「……もう生花教室じゃなくて、小学生向けの塾のほうがよくない？」

新木先生は「学がないからなあ」とからから笑った。

それから和室のほうを振り返って、口から紫煙を漂わせる。

「榎本ちゃんだっけ？　夏目くんが小学生の頃に言ってたハイビスカスの子でしょ？」

「……せんせー、わかるの？」

新木先生は肩をすくめた。

どうやら初見でもわかるくらいのお似合いっぷりらしい。凹むわ。

「榎本ちゃんも、夏目くんのこと好きなんだ？」

「もうすっごいよ。なんたって、七年も片思いやってたらしいし」

「夏目くんは今も好きなの？」

「口では違うって言ってるけど、ほんとは好き」

最近、えのっちのことばっかり見てるし。本人はそんなことないとか言ってるけど、普通にバレバレ。アタシが気づいてないはずないじゃん。

新木先生が笑った。

「青春だねえ。存分に悩みなさい」

「うわ、面倒くさくなって話を打ち切った！」

「そりゃねえ。前まで恋愛感情ゼロだった犬塚ちゃんがいきなりヤンデ……恋する乙女ムーブかましてたら取り扱いに困るよねえ」

「ヤンデレじゃないし⁉」

「アハハ。こっちから見たら、すごかったよー？　夏目くんと榎本ちゃんのこと、射殺しそうな感じでじーっと見てるし」

「そんなの言わなくていいから！　せんせー、性格悪い！」

新木先生とキャイキャイ戯れてると、ふと後ろから声がした。

「日葵。ちょっとこれ見てくれない？」

ビクッてなった。

え、悠宇？　今の聞こえてた？

冷や汗をダラダラ流しながら振り返ると、悠宇が平然とした顔で手招きした。……あ、聞こえてなかったっぽい。それはそれでムカつく。

和室に戻ると、えのっちがアルバムを広げて見ていた。

「どしたー？　生け花体験は終わったん？」

「俺が昔、どんなの作ってたかって話になってさ。それで写真探してたんだけど……」

　そう言って、ある写真を指さした。

「あっ」

　アタシは息を飲んだ。

　大きなヒマワリのクリスマスリース。

　アタシが初めて、ここの個展を見に行ったときのやつ。忘れるわけない。……悠宇が初めて、アタシのために作ってくれたフラワーアレンジメント。

「紅葉さんとの勝負、ヒマワリはどう思う？」

「うんうん！　テーマにもぴったりだし、いいんじゃないかな！」

　アタシはつい、テンション高くなってしまった。

　このこのー。憎いところあるじゃーん。アタシのこと興味ありませーんってふりしておきながら、実はちゃんとアタシのこと見てるんだもんなー。悠宇ってば、ほんとアタシのことばっかり考えてるから憎めないよね！

　……とか一人で小躍りしていると、悠宇が言った。

「さっき榎本さんが、このヒマワリがいいって言ってさ」

「……え？」

　つい素のトーンになった。

　悠宇はそれに気づかずに、ちょっと得意げに説明する。

「それにヒマワリなら紅葉さんの派手さにも負けないし、ぴったりだと思うんだよ。榎本さんっていう印象の近いモデルもいるし、イメージを合わせやすいのも……」

「そ、そう、なんだ……」

　えのっちも得意げにどや顔をしている。悠宇に褒められて嬉しくて嬉しくてしょうがないって感じ。その忠犬みたいな態度が……アタシをぞわっとさせた。

　ふと、肩を叩かれた。振り返ると、新木先生が困った感じの笑顔を向けていた。

「犬塚ちゃん。クールにね」

「…………」

　ポケットから常備用のヨーグルッペを取り出して、ストローを刺してちゅーっと飲む。クールダウン完了。不思議そうな悠宇たちに向かって、精一杯の笑顔を作った。

「ヒマワリ、いいんじゃない？」

　悠宇たちは、嬉しそうに顔を見合わせた。それがまた、アタシの胸に小さなトゲを刺すとも知らずに。

　こうして、紅葉さんとの勝負ためのアクセのモチーフは決まった。

Ⅲ

"愛の告白" for Flag 3.

数日後、早朝。

俺は市内に二つある駅のうち、新しいほうの駅に入っているスタバにいた。屋外テーブルに座って、会社員たちが行き交う様子をぼんやりと見つめる。

……やっぱり、夏休みでも社会は回ってるんだなあ。

当たり前のことなんだけど、なんとなく感慨深い。そして俺たちだって、あと二年もすれば向こう側の仲間入りだ。そう考えると、この夏休みが貴重に思えてくる。

とか感慨に耽っていると、車の昇降口に見知った黒塗りの外車が停まった。もちろん雲雀さんの車だ。助手席から日葵が降りてきたので、俺はそっちに向かった。

今日の日葵は、薄手のロングシャツに七分丈のレギンスという服装だった。そして日差し避けにお洒落なストローハットをかぶる。

俺の手にあるキャラメルフラペチーノを見ると、日葵は感心したように唸った。

「……悠宇。朝からよくそんなクリームたっぷり飲めるねー」

「え。なんか変?」

「胃もたれしないのかなーって」

「いや、おまえのヨーグルッペの量には負けるわ」

日葵は「いえてるー」って笑いながらヨーグルッペの紙パックをちゅーっと飲んだ。

俺は運転席の窓から、雲雀さんに挨拶した。

「雲雀さん。おはようございます」

「やあ、悠宇くん。おはよう」

サングラスを取ると、にこっと笑った。ついでに歯をキラーンッと輝かせる。相変わらず歯並びが綺麗すぎだ。

「ヒマワリは、いいチョイスだと思う。紅葉くんは、昔から派手なものが好きだからね」

「まあ、まだアクセの形状とかは決まってないんですけど……」

「ゆっくりでいいさ。焦りは品質の劣化に繋がるからね。今日はいい花が見つかるのを祈っているよ」

「ありがとうございます」

日葵のほうにも、同じように笑顔を向けた。

「それじゃあ、日葵。楽しんでおいで」

「はーい」

雲雀さんは愛車を発進させ、早朝の町へと消えていった。……こういうところだけ見ると、普通にいいお兄さんなんだけどなあ。

「さて、じゃあアタシもなんか買ってこよーっと」

「じゃあ、俺は切符買ってくる」

「えーっ。悠宇も一緒に並ぼうよー」

「スタバの飲み物持ってスタバに並ぶとか心臓強すぎだろ……」

不満そうな日葵を置いて、俺は切符売り場のほうに向かった。

改装前よりもずっと綺麗になったカウンターで、目的の駅を告げる。切符代を払って、それを持って切符売り場を出た。

ガラス張りになってるスタバを覗くと、日葵はまだ注文の列に並んでいる。

隣のファミマに入り、そこで朝食のパンを購入……しようとして、今日はおにぎりにした。いつもうちのコンビニのパン食べてるし、たまには白米にしよう。

ついでに眠気覚ましのガムを買ってファミマから出ると、ちょうど日葵がやってきた。

「えのっち残念だったねー。お店の手伝い休めなかったんだって」

「いきなりだったし、しょうがないだろ。何かいいお土産あったらいいけど」

通勤パスを持つ会社員の列に並んで、イマドキ有人の改札を抜け、田舎特有の開放感のある広いホームに出る。田舎町ののどかな景色を眺めながら、電車を待つこと10分ほど……サイレンと共に、構内へ特急列車が入ってきた。

新幹線のような形の列車に、俺は眉を顰める。

「……座席、狭いほうだ」

「あちゃー。悠宇、頭ぶつけないように……」

とか話しながら乗り込み……俺は入口の天井で頭をぶつけた！

「痛えっ」

「ぷはっ。悠宇、ちょっとハシャぎすぎでは？」

「うるせえ。この線、車両によって当たり外れでかすぎなんだよ」

自由席車両の空いている席を取った。

日葵が座った窓際席の真後ろに、俺はよっこらせっと腰を沈める。すると日葵が、頭の上に大量の『？』を浮かべながら振り返った。

「え。悠宇、なんで後ろ？　アタシの隣きなよ」

「いや、えっと……」

つい口ごもった。

　この列車は、狭い。座席もまあ、窮屈と言えばそうだ。

　つまり、並ぶと日葵と密着する。目的地に着く前に俺のメンタルが死ぬ。ただしそれを白状することができず、俺は誤魔化した。

「足伸ばしたいし……」

「いやいや。今はいいけど、混んできたら迷惑じゃん。こっちきなよ」

「えっと。ほら、俺って隣に人がいると死んじゃう病だから」

「言い訳が雑すぎるんですけどー。……ま、いいけど」

　日葵はため息をついて、前のほうを向いた。

　サイレンが鳴って、列車がゆっくりと発進する。身体が浮くような、変な感覚だ。俺たちは徐々に早く流れていく窓の外の景色を眺めていた。

　すると日葵が、ひょこっと前の座席から顔をだした。おまえこそ他の乗客に迷惑だろって思ったけど、藪蛇になりそうだから言わない。

　日葵が楽しげに言った。

「悠宇とこうやって遠出するの、久々な気がするねー」

　言われてみれば、そんな気もする。

　春休みに、大分のほうの大きいイオンに新作映画を観にいったときが最後だ。あれから四ヶ月しか経っていないのに驚いた。この高校二年の春は、たくさんのことがありすぎた。

その始まりは間違いなく、榎本さんとの再会だろう。

「ねえ、悠宇」

「んー？　どした？」

「悠宇が今、何考えてるか当ててみよっか？」

「……言ってみ」

するとと日葵が、にまーっと目を細めた。

座席に顎をのせて、こてんと首をかしげる。

「えのっちがいなくて寂しいなー？」

「…………」

残念、大外れ。

榎本さんのことは考えてたけど、そういうことじゃない。

俺はため息をついた。そういえば日葵のやつ、四月あたりはこういうことばっかり言ってたよな。俺と榎本さんをくっつけるの、もうやめたんじゃなかったのか？

「正解は、今日の夕飯何にしようかなーでした」

「おーい、まだ朝なんですけどー？」

「あっ。そういえば、おにぎり買ってたんだった」

コンビニの袋から、おにぎりを取り出した。

そして飲みかけのキャラメルフラペチーノと並べてみる。

「……お茶も買っておくべきだった」

普段はパンばかりだから、気にしてなかった。

「日葵。この特急車、自販機ないっけ？」

「あると思うけど、たぶん指定席車両のほう……」

ガタンッと列車が揺れる。

日葵が「あっ」と言ってバッグに手を突っ込んだ。なんとお茶のペットボトルを取り出すと、俺に差しだした。

「はい、悠宇。アタシが家から持ってきたのあげる」

「マジか。ありがてえっす」

これも俺の行動を予測して？　いやさすがに周到すぎでは？　日葵さん、俺の脳内にチップとか埋め込んでませんよね？

ともあれ、これでおにぎりが食べられる。いくら甘党の俺でも、クリームたっぷり飲み物とおかかは相性が悪い。

「……んん？」

「あっ……」

俺と日葵は、同時に気づいた。

受け取ったペットボトルの中身が、ちょっと減っているのだ。たぶん一口だけ飲んで、それを忘れたまま俺に渡したのだろう。

なんか急に、そのお茶がパンドラの箱みたいなオーラを醸しだした。いや、気のせいだろうけど。でも、俺のメンタルには確実に効く。

(やっぱり返す？　いや、今さら飲み物のシェアを嫌がるような仲じゃないし……)

……なんか意識してるっぽくて、反応したら負けな気がする。

そうやってためらっていると、ふと日葵が言った。

「……えのっちに悪い？」

「え？」

日葵は窓の外を眺めていた。

いや、窓に映る俺の顔を見ているんだろう。そんな気がした。

「最近、悠宇ってアタシのこと避けてるじゃん？」

「うっ……」

微妙に目を合わせるのを避けながら、日葵は聞いてくる。

「それって、やっぱりえのっちに申し訳ないなーって思ってるわけ？」

「いや、そんなつもりじゃ……」

「じゃあ、なんで？」

「なんでって……」

実はおまえのこと女の子として意識しちゃって正直いつもドキドキしすぎて死にそうなんだけど店を開く目標もあるし素直に告っちゃうのは気が引けて……って言えるか！

ふ、普段通りにいこう。さっきから緊張しすぎて、口の中べたべたして気持ち悪いし。こんなことなら、面倒くさがらずに自販機探しに行けばよかった……。

「……別に避けてないし、榎本さんは関係ない」

「………」

うおっと⁉

いきなり日葵に、ペットボトルを奪い取られた。

日葵はそれをごくごくごくと一気に飲み干すと、豪快に口元を拭った。

「ぷっはーっ！　お茶おいしい！」

「おいしい、じゃねえよ！　いきなり何なの⁉」

ジーンズちょっと濡れちゃったじゃん！

俺が非難の声を上げると、日葵が「ぷはははは」と笑いながらタオルを取り出した。

「ゴメン、ゴメン！　ほら、これで拭いて？」

「てか、マジで何がしたいの？　いきなり耳元で大声だされて、心臓止まるかと思ったんだけど」

さっきまでシリアスぶってましたよね？

するとひまりはフッフッフッと意味深に笑う。

「いやー、悠宇のえのっちへの愛を測ってやろうと思ってなー」

「それで飲みかけのお茶使うってどういうことなの？　てか、榎本さんのことは……」

「はいはい。悠宇くんは素直じゃないなー」

「会話が成立しないんだが……」

ともあれ、とりあえずの危機は脱した。

引き換えに、なんかめっちゃ疲れた。あとお腹空いた。おにぎり食べたい。でも喉が渇きまくって、ここで白米詰めたら死にそう。

とか思っていると、日葵が座席から立ち上がった。

「お詫びに、アタシが買ってきてあげる」

「え？　いや、自分のことだし俺が行くって……」

「ダーメ。悠宇は荷物見ててねー」

そう言って、財布だけ持って行ってしまった。

前の車両へ消えた背中をぼんやり思い返しながら、俺はぐったりした。

……俺の親友が何を考えてるのか、マジでわかんないんだが。

◇◇◇

三つ車両を進んだ先。

自販機の前の小さなスペース。

豪風音や滑走音が轟々と木霊する中で、アタシは一人ずぅ～～～～～～～～～～～～～～んとオチていた。

「はぁぁぁあああああ……」

ため息とともに、ポチポチポチポチと自販機のお茶のボタンを押しまくる。下の排出口からは、ガッコンガッコンガッコンとお茶のペットボトルがあふれ出ていた。

（……今日ではっきりしたよね）

悠宇、アタシのこと避けてるし。なんでわざわざ前後で座るの？　意味わかんない。最近は「ぷっはーっ」も本気で嫌がってる節があるし。……好きな子ができると、男の子ってこんなに変わっちゃうもんなんだな。

（よくない。これ以上、考えちゃダメ。でないと、また悪いのがでてくる……）

窓ガラスから、外の風景が見える。

高速で流れていく田舎の風景。窓ガラスに映るアタシは、今日も完璧にミラクル可愛い。まさに神に愛された存在だ。

　でも、えのっちのほうが可愛い。外見じゃなくて内面の話。

　アタシは愛されるべくして生まれた人間だけど、えのっちは幸せになるべくして生まれた人間だ。えのっちと触れ合うほど、それをひしひしと感じる。

　そしてえのっちの幸せは、きっと悠宇とワンセットなんだろうな。

　悠宇がアタシのことを大切にしてくれるほど、アタシの汚い部分が大きくなっていく。アタシなんかよりいい子が傍にいるって事実から、どうしても目を背けられない。

　前に、真木島くんが言ったっけ。

『ナツがすべてを捨てようとした覚悟に、きみ自身が釣り合っていないと露呈させる前に、勝負を決めるべきだったのだ』

　あのときは「はあ？」って感じだったけど、今はなんとなくわかる。

　アタシは姑息で、どうしようもなく利己的だ。満たされないと我慢ができず、他人を傷つけることも厭わない。だからこそ、その本性が顔を出す前に決するべきだった。

　ほんと全然うまくやれてない。最後に悠宇を手に入れればいいってわかってるのに、今の恋がどうしても邪魔をする。親友としてありたい自分よりも、恋人としてありたい自分が日々大きくなっていく。

　恋を知ってから、アタシは人生が楽しい。

でも同時に、ふと思ってしまう。

「えのっちさえ、いなかったら――」

……っ⁉

慌てて ほっぺたをぺちんと叩いた。

いかんいかん!

すっごい悪いこと考えそうになっちゃった。もうほんと最低。スーパー愛されキャラに似合わないよね。切り替えてこ、アタシ! ……恋に仕事に頑張るOLさんかな?

つい買いすぎたお茶のペットボトルを乗客の人たちに配りながら、アタシは悠宇のところに戻った。

その悠宇は……律儀におにぎりを食べずに待っていた。ぼんやりと窓の外を眺めている。朝焼けに照らされて、眩しそうに目を細めていた。

誰のことを考えているのか、なんとなくわかる。小さな胸の痛みを感じながら、アタシは作り笑顔で隣に座った。

「悠宇。お待たせー」

「あ、日葵。ありが……ええ⁉ その大量のお茶、どうした?」

「んー。ちょっとボタン押しまくりたい気分でさー。やっちゃったぜ☆」

「何それ。意味不すぎない？　てか、マジでそのお茶どうすんの？」

悠宇が苦笑しながら、お茶を受け取った。

その気安い表情が、なんというか、ほんとにアタシだけしか見られないものって感じがして、きゅっと心臓を摑まれるような気がする。

アタシは嫌な女だ。

もう勝ち目がないってわかってる。それでも悠宇が笑ってくれると——どうしようもなく嬉しいから、ほんと救えない。

日葵と一緒に列車に揺られて、一時間弱。

俺たちは目的の町に到着した。

地元の町と比べると……まあ、似たり寄ったりだ。風景的には、あんまり遠出した感じはしない。

歴史を感じる瓦屋根の木造駅を出た。

駅から車で20分ほどで到着するらしい。タクシーに乗っている間、うちの地元とあんまり変わらない町並みを眺めながら日葵と話す。

「日葵。昼飯どうする？」

「んー。どうしよっかなー……」

「そういえば、前に『マツコの知らない世界』で紹介された餃子屋あったよな？」

餃子といえば宇都宮とか浜松が有名だけど、地元ではこの町もかなりの激戦区として知られている。通販もやってるらしいけど、以前、テレビで紹介されてからは未だに半年待ちとか聞いた。

でも、日葵の返事は上の空だった。窓の外の風景を眺めながら、ぼんやり唸るだけ。

「んー……」

「日葵？」

そこでやっと、俺のほうに目をやる。

「ん？」

「いや、昼飯」

「あ、うん。なんでもいいよー」

「そ、そうか……」

なんとなく大人しい。

さっきお茶を買いに行ってから、こんな感じだ。久々の遠出だし、もうちょっとテンション高めだと思ったんだけど。

「ま、とにかく大事なのはお花のほうだしさー」

「……それもそうだな。終わった後の気分で決めるか」

そしてタクシーの窓の外に、広大な畑が広がるようになった。

その一角……とはいっても見渡すように広いんだけど、そこに見上げるようなヒマワリがびっしりと並んでいたのだ。地平線まで続くような畑に、ずらーっとヒマワリが並んでいるのは壮観だった。

色とりどりの幟を目印に、タクシーから降りる。その壁のようにそびえるヒマワリの群生に、俺はテンションが上がった。

「日葵！　やべえ！　一面ヒマワリ！　俺より背が高いし！　生花店で売ってるやつよりでかいよな⁉　え、やばくない？　ヒマワリ、これ全部取ってっていいの⁉」

「んふふー。悠宇、気持ちはわかるけど落ち着こうなー？」

割と真面目に諭されて、俺のテンションはちょっと下がった。

日葵がストローハットを押さえながら、眩しそうに目を細める。

「新木せんせーから聞いてたけど、すごいねー」

ここはヒマワリの生産量で日本一と言われることもある大農園だ。

年に一度、こうやって夏のお祭りが開かれるらしい。ヒマワリ畑の近くに設けたステージで、地元の芸人とかバンドを呼んでの公演会。ヒマワリ畑を利用したヒマワリの迷路などのアスレチック。食事の屋台もずらりと並び、家族連れで楽しめる催しになっている。

そしてなんといっても、ここでは自分で収穫したヒマワリを買って帰ることができるのだ。

俺たちの目的はコレだった。

新木先生の話に聞いていたよりずっと盛況だ。ただ、やはりお客さんの年齢層は高めだった。

家族連れはいるが、俺たちのように高校生の連れは珍しいかもしれない。

司会のおじさんの小気味よいトークに、近隣のおじさんおばさんが拍手している。その後ろを通りながら、さっそくヒマワリの即売エリアに行ってみた。

「おお。これは、なんていうか、ええっと……」

「こんなに大きな花、滅多に見られないよなー。なんかジブリとかに出てきそー」

「ああそれ！　俺が言おうと思ったのに！」

「うーん。燃えるのはわかるけど、悠宇のテンションが面倒くさい……」

ヒドいこと言われた……。

ヒマワリ。

言わずと知れた、真夏の代表花。

太陽のような、黄色い大輪の花が特徴だ。

ヒマワリの全長は、高いものだと三メートルにもなる。花の直径ですら、30センチにもなるのだ。巨人でも見上げるような感覚になる。

中学のときに扱ったやつより、ずっと大きい。これが旬のヒマワリ。そんな花を支える茎や葉も、どっしりとした厚みがある。

それをなでながら、日葵がしげしげと言った。

「ヒマワリってよく知ってるけど、実物を見ることってあんまりないよなー」

「ヒマワリは、実は二種類の花で構成されてるんだ」

「うわ、悠宇が語り出した」

「…………別に聞きたくないならいいけど」

水を差されて、俺のテンションが下がる。ツーンと拗ねて歩いていこうとすると、日葵が慌ててパーカーの裾を引っ張った。

「んふふー。冗談だって。アタシ、悠宇の豆知識聞きたいなー？」

「このハードル爆上げされた状態で言うの地獄すぎない？」

「アタシしかいないからいいじゃーん。それで花びらが二種類あるってどういうこと？」

「……ハア」

まあ、いいけど。

俺は改めて、ヒマワリの大輪を見上げる。

「ヒマワリは一つの大輪の花のように見えるけど、実際はミクロな小花の集合体なんだ。頭状花序っていうキク科の特徴なんだけど……」

「え、どゆこと？　ちょっと意味わかんない」

俺は手近な背の低いヒマワリを、優しく引き寄せた。

まずヒマワリの大輪を囲う、炎のような花びら。これらを舌状花といって、それぞれに雄蕊や雌蕊などの生殖器官が備わっている。つまりこの花びら一枚一枚が、一つの独立した花としての機能を持っているのだ。

そして内側のブツブツがある花托という部分。知らない人はコレをヒマワリの雄蕊や雌蕊だと思っているけど、実際はここも小花の集合体だったりする。管状花とか筒状花と呼ばれていて、よく見ると一枚一枚の小さな花びらを持っているのだ。もちろん、それぞれに生殖器官が備わっている。

「んー？　つまりヒマワリは、一つの大きな一軒家じゃなくて、小さなお花たちのマンションみたいなものってこと？」

「まさに、そんな感じ。こうすることで、一匹の虫が付くだけで大量の受粉が可能になる。キク科の植物が大繁殖できる要因の一つだな」

久しぶりの花知識の披露で、ちょっとすっきりした。最近は日葵も花に慣れて、あんまりこういう機会がなかったからなあ。

帰ったら榎本さんにも披露してやろうとか思っていると、ふと日葵から微笑ましそうに見られていた。

「な、なんだよ？」

「いやー、悠宇ってほんとにお花が好きだよなーって思ってさー」

「茶化すなよ」

「茶化してないよー。好きなものがあるっていいことじゃーん」

妙に言いくるめられた感じがして、ちょっともやっとしてしまう。

まあ、いいか。とにかく、今はこの大輪の花たちを満喫しよう。こんなシチュエーションで花を選べるなんて、まさに年に一度のことなんだから。

「そんなことより、早く花を確保しようぜ」

この祭り自体は、二日連続で開催されるらしい。

でも直接、採取するということは、いいものは早い者勝ちだ。そういう意味では、一日目の午前中にきたのは大正解になる。それをわかっているのか、今ここにいるのは愛好家らしき雰囲気の人たちばかりだった。

慎重に畑に足を踏み入れる。それぞれの株の間の細いスペースを、ヒマワリを傷つけないように進んでいく。

やっぱり専門にやっている人の育てた花は綺麗だ。愛情を注がれているのもよくわかる。可憐さと生命の力強さ。その反する印象が、このヒマワリという花には共存していた。

新木先生は昔、花を選ぶうえで大切なのはバランスだと言った。その二つがちょうどよい塩梅の花が、人の手によく懐くのだと言った。

じっと目を凝らして、いくつものヒマワリから俺の手に合ったものを選ぶ。花にも個性があるから、簡単にはいかない。

「………」

この葉の形はひねくれてて、なんか素直じゃなさそう。

こっちは花が大きすぎて、傲慢な印象だ。

(あ、これは……)

ふと、一つのヒマワリに目を奪われた。

すごく綺麗だった。いや、他のと大して変わらないんだけど。なんとなく、俺には他とは違って見えた。

花の形もまん丸で、葉の形も美しい楕円形。花びらの大きさも均一、花托の並びも整然としている。この花を、どこかで見たような気さえする。

(日葵にぴったりだな……)

ふと、そんなことを思った。

俺の親友。そして好きな相手。

この花で作ったアクセを、日葵に着けてほしい。そんなことを思ってしまって、妙に照れくさい気持ちになる。

新木先生の家で、榎本さんがアルバムを見ながら言ったことを思いだした。

『これ、ひーちゃんって感じがしていいね』

あのヒマワリのクリスマスリース。

写真を見た瞬間に、これしかないって思った。榎本さんもよさそうって言ってくれた。

あの冬の個展。

日葵にお預けされた50点を取り戻すなら、今しかない。そして日葵への恋でアクセを昇華させるなら、このヒマワリ以外にはないだろう。

俺が確かな手ごたえを感じていると、日葵が向こうの列から回り込んできた。そのヒマワリを見上げて「おおーっ」と感嘆の声を上げる。

「これ、いいじゃん。これにするの？」

「ああ。一応、まだいくつか選ぶつもりだけど。でも、これがなんとなく気になった」

「んふふー。さっき悠宇の瞳がピカーッて光ったから『おっ？』って思ったけどさー。さすが悠宇って感じだよなー」

「俺は宇宙怪獣かなんか……？」

相変わらず、日葵の感性ってわかんねぇ。

たまに俺よりもずっと不思議ちゃんって感じがする。まあ、そこが日葵のいいところなんだけど。

そう思っていると、ふと日葵がぼやいた。

「ほんと、お花に生まれたほうがよかったかもなー」

「……え？　どゆこと？」

振り返ると、日葵は「んー？　どしたのー？」って感じでにこーっと微笑んでいた。どうやら、聞かなかったことにするのがいいらしい。

それがいつもの日葵のようでもあり……なんか今日は、やっぱり違うようでもあり。

いや、気のせいだろう。きっと日葵だって、勝負を前に緊張しているんだ。

今はアクセのことだけに集中しなきゃ。紅葉さんに勝てなければ、この日葵との日々も失いかねないのだから。

一本目のヒマワリを決めたとき、悠宇は嬉しそうだった。

なんかすごく優しい微笑みで、ヒマワリを慈しむような感じ。まるで好きな女の子と重ねているような気がした。

えのっちの喜ぶ顔、考えてたのかな。

そりゃそうか。そもそも、えのっちがヒマワリがいいって言ったんだもんね。

今日、ほんとはえのっちと一緒にきたかったんだろうなー。

もしかして、こうしてアタシと遊びにきてるのも浮気してるみたいな罪悪感あるのかな。だから今朝から、あんなにつれない感じ？

（男女の友人関係は片方に恋人できると破綻するって見たことあるけど、ほんとっぽくてやだなー）

アタシは夢を叶えるまで、この親友の立ち位置で我慢するって決めたのに。

ちゃんと夢を叶えて、アタシが悠宇の唯一無二の存在だって認めさせる。それから、堂々と悠宇をもらっていく。

でも悠宇がえのっちと付き合っちゃったら、そもそも店を出す前にさよならしなきゃいけないのかな。

（……あれ？）

ふと脳裏をよぎる。

てか、なんでアタシはまだ付き合ってない前提で考えてるんだろーな？

もしかして、実は裏ではもう付き合ってたり？　だから、最近ずっと隠れて一緒にいるとか？

実はこの前の昼休みも、「あーん♡」しながらこんな話をしていたのでは……？

『榎本っち。俺っちらの関係、そろそろ日葵っちに言ったほうがよくない？？？』

『ダーメ♡　本当のことを教える前に、も～っとヤキモキさせてあげなきゃネ♡』

『ひゅー、極悪ぅ～。さすが俺っちだけの悪女サマ☆』

『わたしをこんな女にしたのは誰だったの・か・し・ら♡（悠宇の鼻の先っちょツンツン）』

いや誰だよ。

動揺しすぎて平成初期の匂いがぷんぷんするよ。いくらお母さんがアイドル系学園ドラマ好きだからって、アタシの妄想にまで侵略するのはノーセンキューだってば。

落ち着け、日葵！　深呼吸！　おまえはクールな女だよ！

まずは悠宇に、えのっちとの関係を問いたださなきゃ。……そもそも無理くない？　悠宇が素直に白状しないから、こうやってモヤモヤしてるわけですし？

いやいや、そんなに弱気でどうする？

アタシの二つ名を忘れたか？　男の子の扱いなら百戦錬磨の『魔性』ってやつですよ。悠宇のほんとの気持ちを聞き出すくらい朝飯前。小指でちょちょいってやつだよね！

ということで、レッツトライ！

「ゆ、悠宇さ。ちょっと聞きたいんだけどー……んっ？」

悠宇の背中に話しかけても、まったく反応がない。

　ずっと二本目のヒマワリを物色している。

　無視されてる？　いや、無視は無視だけど、これはちょっと違うな。

　お花に集中してて、他が見えなくなってる。悠宇の悪い癖であり、アタシがすごく好きなところ。

　このヒマワリ畑に着いたときは子供みたいにテンション高かったくせに、一度、作業に入るとすごく冷静になる。まるでアタシのことも、最初からいないみたいに忘れてしまう。

　今、悠宇の前のほうに回り込めば、いつものキラキラお目めを堪能できるんだろう。ほんとに悠宇は、お花のことを考えると一直線だ。他にどんな悩みがあっても、それを邪魔することはできない。

　悠宇とお花の間を邪魔するのは、アタシでもえのっちでも無理だと思う。

（……なんだ。最初から、悠宇の一番はアタシじゃなかったのか）

　そういえば悠宇のアクセのモデルをやり始めたのは、あの情熱の瞳を一瞬でもアタシのものにしたかったからだ。

　お花に嫉妬するなんて、どうかしてるよね。

　でも、同時に羨ましいって思うよ。

　アタシには、そんなに一生懸命になれるものはない。

　アタシが可愛いのは才能だって、紅葉さんが言ってたらしいけどさ。それは悠宇の一番になる武器にはならないんだよ。そんなものを褒められて、嬉しいと思う？

いっそ、お花に生まれていればよかった。

悠宇の情熱の瞳に見つめられながら、この身体に悠宇のものだって証を刻み付けてほしかった。それだけで、アタシは朽ち果てるまで幸せに生きられたのに。

その悠宇の背中に、言葉を投げる。

「悠宇。ヒマワリ、綺麗だね」

「…………」

案の定、アタシの声は届かない。

「来年はえのっちも誘ってきたいねー」

「…………」

届かないってわかってるのに、空っぽの言葉を投げ続ける。

悠宇がアタシに背中を向けたまま、黙々とヒマワリを選んでいた。背の高いヒマワリに手を伸ばす。キスするために顎を上げるみたいに、その花に触れた。

その瞳が、爛々と燃えていた。

あんなに内気な陰キャくんなのに、花に触れるときは情熱的だ。それと相反するように、その手つきは優しい。

それが一瞬、どうしても許せないと思ってしまった。

「……悠宇、好き。お花じゃなくて、アタシのことだけ見てよ」


絶対に届かない本気の想いを投げる。

お花に嫉妬するなんて、どうかしてる？

初恋にどうかしないほうが、どうかしてると思わない？

アタシは卑怯な女だよ。

絶対に届かないってわかってなきゃ、本当の気持ちも言えない。

絶対に勝てる戦い方でしか、勝負に出られない。

こんなやつに、本当に勝利の女神は微笑むのかな。

（もういいや。向こうの休憩所で休んでよーっと……）

小さくため息をついて、振り返った瞬間。

「ひ、日葵……？」

悠宇の声だった。

アタシが振り返ると、悠宇と目が合っていた。手にしたヒマワリを、アタシの姿に重ねるような立ち位置だ。まるで画家がデッサンのために、鉛筆をモデルに向けて掲げるみたいにも見えた。

でも、その瞳はいつの間にか情熱の輝きを失い、呆然とアタシを捉えている。

「…………」

「…………」

は？

その状況を理解するのに、ちょっとだけ時間が必要だった。その間、アタシたちは無言で見つめ合っていた。

悠宇が、アタシを見ている。オッケー。ここまでは理解できる。

でも解せない。お花に没頭した悠宇は、何があってもアタシに返事なんてしない。学校の科学室で作業してるとき、隣で花瓶を割っても気づかないくらいなんだよ？

その悠宇が、なぜかアタシを見ている。

しかも、顔をリンゴみたいに真っ赤に染めて。

「…………」

バックンバックンバックンと、アタシの心臓の鼓動が大きくなる。その事実を確認するために、ギリギリの言葉を選んでみた。

「悠宇。もしかして、今の聞こえてた？」

アタシの問いに、悠宇は気まずそうに顔を逸らした。

「この花が日葵のイメージに合うか、チェックしようとしたら……ちょっとだけ」

その腕に抱えたヒマワリが、アタシをじーっと見つめている。

アタシは心の中で、顔面を両手で覆って大声を上げた。


うわああっ‼


落ち着け落ち着け。

今、ちょっとだけって言ったな？　つまり、全部は聞こえていない？

じゃあ、どこが聞こえてたんだろう。好き？　アタシのことだけ見ててよ？　どっちもアウトだって言ってんだろーっ！

どうしよ、どうしよ。

まさか聞こえてるなんて。てか、なんでこの瞬間だけ？　おかしくない？　勝利の女神様、アタシのこと嫌いか⁉　まあ、アタシだったら絶対に勝たせてあげないけどさーっ！

とか一人でテンパっていると、ふと悠宇がため息をついた。

「……ハア。日葵さ、こういうときもぷはろうとすんのやめてくれない？」

「え？」

悠宇は赤い顔を隠すようにしながらも、ぶっきらぼうに頭をかいた。

「今はさ、紅葉さんとの勝負のための花を選んでるわけじゃん？　電車の中とかならともかく、今はそういう冗談で邪魔するタイミングじゃないだろ？」

「…………」

ズキッと、胸が痛んだ。

心に一筋の亀裂が走る音が、確かに耳に聞こえた。

なんだそれ？

なんだそれ⁇

結局、そうなっちゃうの？

アタシが本気で手を伸ばしたって、絶対にこの気持ちは届かないの？

アタシが一生懸命、アタシたちのお店を出すために頑張っても、結局はえのっちに持ってかれちゃうの？

じゃあ、アタシは何のために頑張るの？

この人生は、何のためにあるの？

アタシの価値って、ほんとにその程度なの？

そりゃアタシが悪いんだけどさあああああああああああああああああっ‼

とっさに悠宇の抱えたヒマワリを奪い取った。

「あ、日葵⁉」

アタシは振り返ると、ヒマワリ畑の中を走った。

自分が何をしているのかすら、よくわからなかった。ただ、頭がぐらぐら沸騰したみたいになって、たぶんこれ熱中症だとか、でも帽子被ってんのにとか、もっと水飲んでおけばよかったとか、ほんとにどうでもいいことばかりが頭の中をぐるぐる回っていた。

「日葵、待てって！」

悠宇が追いかけてくる。そういえば、五月に初めて大喧嘩したときも、似たように追いかけっこしたな。あのときは、なんで逃げちゃったんだっけ……？

ヒマワリの群生を縫うように走る。背の高い悠宇は、自然と腰を屈めなきゃいけない。そのせいで、今度はなかなか追いつかれなかった。

（ああもう！　アタシどうすんのこれ⁉）

視界がチカチカする。ヒマワリの黄色と緑のコントラストが、アタシの感覚を鈍らせていくような気がする。きっとこれは夢だ。目を覚ましたら、アタシはふかふかのベッドで眠っていて、いつも通りアラームの五分前に起きていて、今日もアタシばっちり可愛いなーってどや顔して、そして悠宇とヒマワリ畑に行くために準備するんだ。

予知夢ってほんとにあるんだな。やったぜ。これで今日も親友ムーブに隙がないってもんですよ。二度と好きなんて言ってやるもんか。ほんと呼吸きつい。死にそう。これ、ほんとに夢？　脚がガクガクしてきた。頭に酸素足りない。あーくそ、なんか全部ムカつく！　うまくやれない自分も、アタシのこと好きじゃない悠宇のことも！　ムカつくムカつくムカつく！

（……あ、限界）

頭が真っ白になって、とうとう立ち止まる。

そういえば声が遠いなって振り返った。追いかけてきてた悠宇がいない。いつの間にか、ぶっちしてたらしい。ハハ、やるじゃんアタシ……。

酸素を求めて、空を見上げた。

一面のヒマワリが、じっとアタシを見つめている気がする。ふと、この前の喫茶店での作り話を思い出した。

ヒマワリの帳に遮られて、アタシと悠宇は世界から消えていたんだ。

遠くで悠宇の声がする。

「日葵、どこだ⁉」

ここには、二人しかいない。

今だったら、届くかな。

「悠宇。ここだよ」

アタシの囁くような声。

聞こえるはずない。

こんな小さな声を、見つけられるはずない。

「…………」

しんと静まった。

さっきまで聞こえてた悠宇の声は、どこかにいってしまった。きっと、他のところを探してるんだろう。

ほら、やっぱり無理。

たとえ世界が滅んで、アタシたちが二人きりになったって。

きっと悠宇はアタシのこと親友だって言うし、アタシの声は届かない。そういう運命に、アタシたちは生まれてきたんだ。

(……あれ？)

そのはずなのに、アタシの脇のヒマワリは揺れた。

それも束の間、そこから悠宇がすごく焦った顔で飛びだしてくる。

「日葵、いた！」

めっちゃ泥だらけだった。汗でべとべとだし、服は汚れてるし、なんか泣きそうな顔になってるし。ほんと笑うんですけど。

全然格好よくないのに、なんか胸がきゅっとした。

「日葵。おまえ、もっと大きな声じゃなきゃ気づかな……え？」

悠宇のパーカーの襟を摑んで、ぐいっと引き寄せた。

悠宇の顔が、どんどん近づく。その瞳に映るアタシは、なんか頰が上気して、目が潤んでいて、熱っぽくて……すごく恋する乙女って感じだった。

「ひ、日葵？　おまえ、何すんの？」

何すんだって？

こうするんだよ。

もう二度と冗談とか言えないように、アタシのことを刻みつけてやる。

そっと首元のチョーカーを外す。それを悠宇の手に握らせた。

もう『親友』のリングはいらないから。

最後に視界に映ったのは、ヒマワリの鮮やかな黄色。

何も言わないお花たちに見つめられながら。

——アタシは悠宇にキスをした。

♣♣♣

それからの記憶は、正直、曖昧だ。

なんか断片が焼き切れたようになっていて、夏休みの学校にたどり着いたときにようやく我に返った。

確かなことは、ヒマワリとお土産の冷凍餃子を抱えて、俺たちは帰路に就いたこと。そしていつの間にか、俺の手に日葵のニリンソウのチョーカーが握られていたことだ。で、学校の科学室で、俺は一人、さっそくヒマワリの処置を行っていた。やっぱり花は新鮮なうちに処置をするのが一番だ。

手だけが黙々と動く。

久しぶりに持ちだした一番でかい器材での作業だ。諸々の作業を経て、最後に溶液を満たしてヒマワリを浸ける。

気がつけば、すでに窓の外は日が傾いている。

今朝から、遠出をして、帰ってきて、花の処置の第一段階まで完了してしまった。

なんという密度の濃い一日だったか。今日一日だけで、一週間分くらいのイベントがあった。

最高のヒマワリも手に入れたし、アクセのモチーフも決まった。咲姉さんへのお土産の餃子も買ったし、人生で初めて女子とキスもした。

「………」

俺は科学室の隅に行くと、そこで体育座りをする。

顔面を両手で覆って、思いっきり叫んだ。

「うわああっ‼」

なんでなんでなんで⁉

なんで日葵のやつ、あんなことやっちゃったの⁉

意味わからなさすぎて完全に感情が置いてけぼりだったわ！　よく考えたらやば……よく考えなくてもやばいって言ってんだろ⁉

（え？　どういうこと？　そういうこと⁉　そういうことってどういうこと⁉）

頭の中がぐるぐる回って完全に混乱していた。

俺は科学室の後方にあるスチール棚を開けると、そこに並んだＬＥＤプランターを取り出した。室内で植物を育てられる優れもの。前回、日葵が花壇だけでなく、こっちにも種や球根を植えてくれたのだ。小さな芽が出ているそれらを六人掛けのテーブルに並べて、向かい合うように座った。

「緊急会議を始める」

俺は花たちに向かって宣言した。

つむぎ（コスモス）が「議題は？」と聞いてきた……ような気がする。

「ひ、日葵が、その、えっと……キスをしてきた理由について……」

みお（コルチカム）が「決まってるじゃない。坊やはそんなこともわからないの？」と挑発的に言ってくる。

いや、そりゃ普通に考えたらそういうことだってわかる。日葵はよく男と付き合うけど、そういう部分はドライっていうか、別に誰にでもそういうことするわけじゃないし。じゃあ、キスしてきたのはそういうこと……？

ひなこ（シクラメン）がおずおずと「でも相手は日葵ちゃんですよ？　鵜呑みにすると危険では……？」と控えめに進言する。

それな、と全面的に同意。

日葵である以上は「ぷっはーっ」への布石を警戒しなければならない。ここで渡りに舟とばかりに日葵に告って、取り返しのつかない事態になったら目も当てられない。

かおる（サフラン）が「どっちでもいいじゃん。向こうから仕掛けてきたんだし、エロいほうの親友になっちまおーぜ！」とカラカラ笑って……それはダメ！　てか、エロいほうの親友って何!?

「おまえらに相談した俺が馬鹿だった……」

花たちがぶーぶーと文句を言う。あ、ごめん。つい心にもないことを言ってしまった。水やりするから許して……。

せっせと水やりをしていると、背後から声があった。

「ナツよ。一人で花に話しかけて楽しそうだな？」

「……なんだ。真木島か」

振り返ると、制服姿の真木島が窓枠に乗りかかっていた。

パタパタと扇子で自分を扇ぎながら「ふぅー。ここは空調が効いていて極楽だな」とたまらなさそうに言う。

「今日の部活、終わりか？」

「ああ。総体まであと二週間ちょっと。なかなか思うように仕上がらん」

「真木島にしては、そういう弱音は珍しいな」

「いや、先輩の話だよ。オレと二人で個人戦に出場するが、最後の大会だというのに乗っておらんのだ」

そういえば、今年は真木島と前部長の二人が全国に進んだと言っていた。

真木島は扇子を閉じると、それで首筋を掻く。

「同学年のメンバーと一緒に全国へ行けなかったのが原因だ。自分だけ出場し、他のメンバーに申し訳が立たんのだろう。よく言えば優しい。悪く言えば競争心が足らん」

「まあ、おまえにはそういう悩みはなさそうだよな」

「ナハハ。それほど冷血漢でもない。これでも全国で先輩とぶつかったら手加減してやろうという気遣いくらいある。ま、先輩が本気でやったらオレなど手も足も出らんだろうがな」

「へえ。そんなに強いのか？」

「もともと、県外の強豪校に誘われてた人だ。友だちとの青春を優先して、そっちを蹴った馬鹿な男だよ」

真木島はからから笑いながら「ま、嫌いではないがな」と言って、窓枠を乗り越えて科学室に入ってきた。……いや、普通に開いてるからドアから入れし。

真木島はテーブルの前にくると、器材に収まったヒマワリを見て感嘆の声を上げた。

「また派手なものを作っておるなァ。これはなんだ？　売りものか？」

「おまえ紅葉さんから聞いてるだろ？」

「なるほど。そっち関連か。いや、オレは知らん。どうなっておるのだ？」

「………？」

俺は首を傾げた。

イマイチ話が嚙み合わない。

「紅葉さんとおまえ、裏で組んでるんだろ？」

「…………」

なぜか真木島が、嫌そぅ〜〜〜な顔で黙った。

扇子を広げて、それで口元を隠す。俺から視線を逸らして、ぽつりとつぶやいた。

「今回、オレは何もやっておらん」

「そうなの？」

ちょっと意外だった。

真木島の名前が出てたし、どうせ裏で糸を引いていると思っていたんだけど。そんな俺の心境を察した真木島が、忌々しそうに舌打ちした。

「組もうとしたが、うまいこと情報だけ吸われてポイされた。あの人のやり方は、ソロプレイが合っているからな。仲間など足手まといということであろう」

「紅葉さんのやり方……？」

「我儘と札束で殴る」

「ああ……」

確かにそんな感じだったわ……。

咲姉さんや雲雀さんとも違うタイプの恐怖感だったけど、今の言葉でようやくすっきり言葉にできた。

「日葵ちゃんにはそれっぽく気取ってみたが、実際はモブもいいところだ。今回は総体に向けて上げていかなければならないし、好都合と言えばそうなのだが……」

　自虐っぽく「ナハハハハ」と笑う。

　俺はちょっと考えた。いや、てっきり真木島はあっち側だと思っていたから諦めていた。でも、そうなると話は違ってくる。

「真木島。おまえが絡んでないなら、紅葉さんが日葵を諦めるように協力……」

「それはできん」

　きっぱりと言われた。

　どうやら、この言葉は予測済みのようだった。俺がぐぬぬっと見ると、楽しそうにニヤニヤ笑っていた。

「まあ、そうだよな。真木島としては、日葵が東京に行ってくれたほうが都合いいし。榎本さんとくっつけるためにさ」

「それもあるがな。ただ今回は、それはあまり関係がない」

「どういうこと？」

　真木島は肩をすくめた。

「惚れた弱みなのだよ。オレが紅葉さんの敵になることはない」

「…………」

　しばらく、ゴーッというエアコンの音だけが科学室を包んでいた。窓の外から、部活帰りの女子生徒たちの楽しそうな声が聞こえる。

「えっ⁉」

「いや、そんなに驚くな。オレにだって、本気で好きな女くらいいる」

そういうことじゃなくて！

俺は微妙な罪悪感から、真木島から視線を逸らしながら言った。

「てっきり、おまえって榎本さんのこと好きなのかと……」

「なしてそうなる？　オレはリンちゃんの恋を応援すると言っておるだろう？」

「なんかこう、好きゆえに身を引き、吹っ切るために恋を応援するという複雑な心境？」

真木島はフッと嘲笑した。

「ナツよ。おまえ、思ったより恋愛脳しておるなァ？　最近、少女漫画でもその手のやり取りはあまり見らんぞ？」

「うるさいよ⁉　あんだけ執着してたら、そのくらい思うだろ！」

真木島が愉快そうに笑っていた。

それから扇子をパチンパチンと手で叩く。

「リンちゃんへの借りは、もっと別のことだ。ナツが知る必要はない」

「いや、まあ、別に知りたいとか思わないけど……」

「もし知ってしまったら、リンちゃんへの印象がぐるっと逆転する恐れがあるからなァ。こればかりはホイホイと教えるわけにはいかんのだ」

「教えたいのか教えたくないのかはっきりして⁉」

そんなこと言われたら気になっちゃうでしょ！

これが『鶴の恩返し』で覗いちゃった男の心境なのか。げんなりしていると、真木島の声のトーンが上がった。

「で、ナツよ。そっちはどうなのだ？」

「何？　どういうこと？」

「いやいや。とぼけるな。オレの恥ずかしい話を聞いておいて、それはないだろう。マイフレンドよ？」

「いやいや。おまえが勝手に言ったことを、さも俺が聞きたがったように言うなよ……」

いきなり肩を組んできた。え、何々？　いきなり距離近くない？　あんまり男にはベタベタされたくないんだけど。

二人しかいないのに、真木島は扇子を広げて俺の耳元にヒソヒソと言った。

「日葵ちゃんとチューしたというのは、いったいどういうことだ？」

「ぶふあっ⁉」

噴きだした。

つい尻もちをついて、ガサガサと蜘蛛のように這って逃げる。背中がスチール棚にドンッとぶつかり、中の器材がガタッと揺れた。

「お、俺、そこまで言ってました？」

「はっきり言っておったなァ。これから花と語らうときは周囲に気をつけたほうがいい」

真木島がフフフフフと愉快そうな笑い声を漏らしながら、扇子をパチンパチン叩いてにじり寄ってくる。

扇子の先をピッと鼻先に突きつけられて、俺は背筋が寒くなる。

「それで？　告っちゃったのか？」

「いや、そういうわけじゃなくて……今日、一緒にヒマワリを取りに行ったんだけど……なんか榎本さんのことばっかり言うなあと思ったら、いきなり……？」

「ほほ〜ぅ？」

あー、真木島の目がめっちゃ輝いている。

たぶんコレ、言っちゃいけないやつだ。まあ、今さら気づいても遅いんだけどさ……。

真木島がバッと扇子を広げた。そして謎ポーズを決めると、いかにも痛快という感じの高笑いを上げた。

「ナハハハハ！　これはいい！　紅葉さんがいるうちはオレの出番はないと思っていたが、ここにきて面白いことになってきた。何事も変化の中にこそ隙が生まれるからなァ」

「おまえ、めっちゃイキイキしてんね……」

水を得た魚って、こういうことを言うんだろうな……。

「あのさ真木島。実際のところ、日葵って俺のことどう思って……」

「知るか。寝小便する歳でもあるまいし、自分で考えろ」

「ヒドい⁉」

真木島くん、仮にも俺の友だちだよね？

俺が泣きそうになっていると、真木島が面倒くさそうにため息をついた。扇子の先を俺の左胸に当て、にやっと笑う。

「どちらにせよ、このまま再び親友だ何だと自分を偽る学校生活に戻れるほど、ナツは器用ではあるまい？　ならば日葵ちゃんの真意など、考えるだけ無駄なのではないか？」

「…………」

正論……というか、心の底で俺が欲しい言葉を、いともたやすく口にする。それが真木島というやつだ。

そうだ。俺は日葵の真意なんて、どうでもいいのかもしれない。本当は誰かに背中を押してほしいだけ。

「真木島。ありがとな」

「感謝する必要はない。どうせそのうち、オレに怒り狂っているはずだからなァ」

「……あの、マジでお手柔らかにお願いします」

こいつのこの手の冗談、マジでわかりづらい。……いや、本気？　もうわかんねえや。どうとでもなれ。

真木島が「ではな」と帰った後、俺は一人、科学室で考え込む。

とはいえ、まずは紅葉さんとの勝負だ。これに勝てなければ、どっちにしろ日葵を失うことになりかねない。

俺にできることは、いつも通り。

ただ最高のアクセを作る。それだけだ。

うちの地元でも有名な馬渡の餃子！
その特徴は、何といっても厚めでもちもちの皮。これをパリッパリに焼いて食べると、パリもちっていう極上の二重奏が楽しめるんだよね。もちろん餡もジューシーで最高。アタシも大好きだよ！
あ、そーれ。もっちもっち。もっちもっち。もっちもっち。もっちもっち……もっちもっち……もっち……っち……もっ……ちもっ……ちもっち……も……。
「……日葵？」

「うへえ？」

お母さんが、なんか不安そうな顔で見ている。

アタシよりずっと西洋の血が濃いクールビューティ。もう50手前のはずなのに、30代前半とか言っても通りそうな最強の若作り奥様。

そのお母さんが、何か不気味なものを見る目でアタシに言った。

「……お兄ちゃんたちの餃子、食べ尽くしてるわよ？」

「うへえ？」

いやいや、まさかまさか。

皆様ご存じないかもしれませんけど、近所ではアタシは妖精さんみたいだねって評判なんですよ？　そんな美少女が家族全員の餃子食べ尽くしているとかコンプライアンス大丈夫ってなっちゃう……うわびっくりした！　さっきまであった餃子の山がなくなってる⁉

あれ全部アタシのお腹に入ってんの？　嘘でしょ？　アタシの持つお箸に、最後の餃子があった。お母さんが「それ食べたら、お兄ちゃん怒るわよ？」と目で訴えている。

ぱくっと食べた。もっちもっちの後に、じゅわっとくるお肉の旨味。餃子、最高。

「うへえ！」

ご馳走様の意思を示して、アタシは立ち上がった。

キッチンから出ていこうとして、豪快にすっ転んだ。後ろのお母さんが、唖然とした感じで見つめている。その視線から逃げるように、バタバタ四足歩行で部屋に逃げ帰った。

部屋にたどり着く。

ベッドにダイブすると、ころころと行ったりきたりする。

木目の綺麗な天井を見つめながら、アタシはぼんやりと自分の唇をなぞった。チョーカーのない首元がスースーする。

「……うへえ」

やっちゃった。

やっちゃったよ……。

や っ ち ゃ っ た ん だ よ。

うつ伏せになって、枕に顔をボフンッと押しつける。

「うへええっ!!」

夢じゃねえーっ！

夢じゃねえし冗談じゃねえーっ！

なんでだよーっ！

なんでアタシ我慢できなかったんだよーっ！

だって悠宇が悪いんじゃん！　せっかく二人っきりで遊んでるのに、ずっとえのっちのことばっかり考えてんだもん。今日、目の前にいたのは、ア、タ、シ！

ふとスマホが目に入った。

あ、ラインに新着ある！　悠宇からラインきて……いや寄越せよ～っ！　ここはちゃんと寄越しとけよ～っ！　今は新作スタンプの情報はいらないんだよ～～～っ！

だからって、自分からできるかよ～。

どんな顔して送ればいいんだよ～。そもそも、何を送ればいいんだよ～。『アタシの唇と餃子の皮、どっちがもちもちだった？』ってバカなのかよ～～～っ！　どこの世界に、餃子の皮と唇の感触を競う女子高生がいるんだよ～……。

お母さんがドアの向こうから「日葵、うるさいわよ！」と怒鳴った。

アタシはしゅんとして静かになった。

でも気持ちはくすぶっていて、全然すっきりしない。

（……絶対に嫌われた）

そりゃそうでしょ。好きな女の子いるってわかってるのにキスして迫るとか、ほんと負け犬じゃん余裕なさすぎ。

てか、紅葉さんとの勝負もやばい。

どうしよう。たぶん悠宇のメンタルにも大ダメージ入っちゃってる。紅葉さんとの勝負の前に、なんてことやらかしちゃったんだろう……。

お兄ちゃんにバレたら殺されるかな。いや、もういいや。いっそ死のう。この人生で最高の瞬間に息を引き取ろう。そして世界の美少女たるアタシの死を惜しみ、その自叙伝は小説となって大ブレイク。社会現象になって映画化もしちゃって興行収入もがっぽがっぽよ。でもいかんせん、アタシより可愛い女優さんを起用できなかったのは痛かったね。ま、しょうがないよ。アタシ以上に可愛い存在なんてこの世には存在しないぷはははははっ！

……言ってる場合じゃねえ。

とか自分にツッコんでると、部屋のドアがノックされた。

「日葵？　起きているかい？」

「うへえあっ⁉」

やっべい噂をすればお兄ちゃん！

今日はいつもより帰るの早っ！　全然心の準備できてない！

たぶんアタシの様子がおかしいってお母さんに言われて、様子を見にきたんだ。やばいやばいやばい。いや、うまいことやれば……お兄ちゃんに通じるわけないじゃん！

（こうなれば……逃げる！）

アタシはベッドから立ち上がると、スマホとお財布を持って部屋の窓に手をかける。

今晩だけどこかに隠れて……どこに？　悠宇のお家は絶対無理！　えのっちのお家は……行

けるかバカーッ！

ああもういいや！　とにかくマックにでも逃げ……。

ガラッと窓を開ける。

「日葵。どこにいくつもりだ？」

「うへえええええええええええっ!?」

なぜか窓の外にお兄ちゃんがいたあーっ!?

嘘でしょ!?　さっき反対のドアの向こうで声してたよね!?

アタシは仰け反って、そのまま部屋の中に尻もちをつく。お兄ちゃんは優しい笑みを浮かべると、そのまま部屋に入って……いや、ドアから入ってきてよ！

「日葵よ。どうした？」

「う、うへえ……」

「なるほど。今日のヒマワリ採取の折、悠宇くんの煮え切らない態度についカッとなって衝動的に口づけをしてしまったと。それで僕に叱られると思ったんだな？」

なんで伝わってんの!?

お兄ちゃん、今日一日アタシたちのこと尾けてないよね!?

てか、もうダメだ。終わった。お兄ちゃんにバレた以上、アタシはもう抹殺される。悠宇のアクセ作りをサポートできないどころか、こうやって余計な問題ばっかり起こしちゃうんだもん。きっと悠宇のビジネスパートナーって立場をはく奪された上で、綺麗にラッピングされて紅葉さんの元にお届けされちゃうんだ……。

アタシがガクガク震えながらお沙汰を待っている間、お兄ちゃんは難しい顔で考え込んでいた。それから「ふむ……」とつぶやく。

「まあ、やってしまったことは仕方がない。切り替えていくぞ」

「……うへ？」

あっさりとした無罪判決に、アタシは目をぱちくりさせる。

お兄ちゃんは不思議そうに首をかしげた。

「どうした？」

「う、うへえ……」

「ハッハッハ。そんなことはない。おまえが自分の気持ちを素直に伝えたことは褒めてしかるべきだ。まあ、確かにやり方はやや強引すぎたけどね」

「うへえ……？」

……なんで？　ありえない。

てか、お兄ちゃん、めちゃくちゃ機嫌いいんだけど。今日、お仕事で何かいいことあったのかな？

お兄ちゃんは白い歯をキランッと輝かせた。

「そもそもおまえがフラれてしまえば、何の憂いもなく僕がその役目を代行するのみだ。何も問題はないさ！」

「うへぇぇぇ……」

そうでした。この人、そういう人でした。

お兄ちゃんはアタシの肩を叩くと、優しく言った。

「それに創作とは、クリエイターの人生を映し出す鏡でもある。悠宇くんに新しい経験が蓄積されるのは、長い目で見ればいいことだ」

「う、うへ……」

そう言って、今度はドアから部屋を出ていった。

「さて、それじゃあ僕も夕食をもらってこよう。さっきから餃子のいい匂いが漂っていて空腹に耐えられそうにないな。ハッハッハ！」

楽しげに笑うお兄ちゃんを見送って、アタシは床にベターッと倒れ込んだ。

よ、よかった。なんか助かった……みたい？

いやー、命があるって素晴らしい。当たり前だよ。この歳で死んでたまるかってんだ。たとえ興行収入がっぽがっぽでも、アタシが使えなきゃ意味ないからさ！

とにかく、そうと決まれば計画練らなきゃ。だって、このまま悠宇と顔合わせるのめっっちゃ気まずいのは変わらないし！

アタシは気合いを入れて、勉強机のノートパソコンを立ち上げた。んーと。まずはそれとなく悠宇の状況を確認して、そして…………ん〜〜〜？

アタシはお兄ちゃんが出ていったドアを振り返る。

なんか、忘れてるような…………あ、餃子。

とっさにアタシは、開けっ放しの窓に足をかけた。逃げろ。生存本能が知らせてくる。でもほんとはちゃんと知ってるんだ。お兄ちゃんから逃げることはできない。

そう思った瞬間、アタシの後ろで再び部屋のドアが開くのでした☆

ヒマワリ採取の翌日。

俺は一人、科学室で作業を続けていた。

エタノールに浸したヒマワリの様子を見る。具合は……正直、わからん。

もういいような気もするし、まだ足りないような気も……ええい、わからん！　わからんというか、昨日からずっと日葵の顔がちらついて集中できない。

ラインしようにも気まずすぎて無理だし、あっちからも音沙汰なしだし。日葵の返事なんてどうでもいいって割り切っても、それで切り替えられるほどサバサバしちゃいないんだ。

いや、集中だ集中。頑張れ悠宇。おまえならやれ……。

「ゆーくん。こんにちは」

「うわっとーっ⁉」

榎本さんだった。

俺の前にひょっこり顔をだして、真正面からじーっと見つめられる。可愛すぎか。

「え、榎本さん、こんにちは。吹奏楽部は？」

「お昼休憩だから、様子見にきた」

「あ、ご、ごめん。そういえば、一緒にご飯食べようって言ってたよね……」

榎本さんはテーブルに弁当を置いて、向かい側に座った。器材の中に沈めたヒマワリをしげしげ見つめる。

「わあ、色が抜けてる……。今から取りだすの？」

「まだ検討中。表面上は成分が抜けてても、芯まで抜けきっているかわからないし。中途半端な状態で次の作業に移ると、完成してから不具合がでるから……」

榎本さんが、ふむふむとスマホにメモっている。

相変わらず真面目だ……。

「でも、チューリップのときは一日くらいで取りだしてたよね？」

「そうなんだけどさ。ヒマワリはプリザーブドフラワーにするのが難しいんだよ」

「そうなの？」

「花自体が大きすぎるんだ。大きければそれだけ溶液が浸透するのに時間がかかるし、かといって必要以上に浸けすぎるのもよくない」

「ふーん。そんなに難しいんだね……」

しげしげと、四本のヒマワリを順に見ていく。

「昨日、ひーちゃんと採ってきたの？」

ついドキッとしてしまう。

榎本さんが不思議そうに見てくるので、慌てて誤魔化しの咳をした。

「う、うん。ヒマワリ畑で……」

「ひーちゃんとキスするついでに採ってきたんだ？」

「いや、どっちかっていうとヒマワリを採ってくるついでに日葵とキスを……うぐっ」

ちらっと視線を向けると、榎本さんがじとーっとした顔で紅茶のペットボトルの蓋を開けている。

無表情のまま、ふいにペットボトルの蓋を指で構えた。デコピンスタイルの射出機に乗せられた蓋が、にやっと笑った気がする。

それを勢いよく人差し指で弾き飛ばした！

「えいっ」

「痛いっ⁉」

　ペットボトルの蓋が、俺の額に華麗にヒットした。

　アイアンクローじゃなかったから油断した。てか、洋菓子店で鍛えられた筋力えげつなさすぎでは？

　命中した額をさすりながら、俺は恐る恐る尋ねる。

「……真木島から聞いたのでしょうか？」

「うん」

　あいつ……いや、言うまい。真木島はそういうやつだってわかってたし、そもそも聞かれたのは俺のせいだ。

　何より、どっちにしても榎本さんには言うつもりだった。これから俺がやろうとしていることも全部。

　その榎本さんは、プチトマトを箸に刺して宙でぐるぐる回していた。脚をぶらぶらさせながら、ハアッとため息をつく。

「わたしも行きたかったなー。ひーちゃんに先越されずに済んだのに……」

「……それ、すげえコメントに困るんだけど」

　申し訳ないけど、榎本さんがいる状態で日葵がヒスっちゃったらもうどうしようもなかったんですけど。

「あのさ、榎本さん……」

「ん？」

心臓の音がうるさい。

俺はめちゃくちゃ緊張しながら、そのことを告げた。

「俺、日葵にちゃんと気持ち伝えようと思う」

「……………」

榎本さんは、いつもの微妙に不機嫌そうな表情のままだった。

俺がドキドキしながら言葉を待っていると、素っ気なくプチトマトを噛んだ。

「いいと思う」

「え、いいの？」

「ダメなほうがよかった？」

「あ、いや。ありがとうございます……」

えー。めっちゃ調子狂うんだけど。

この子、俺のこと好きだって言ってたよね？ いいの？ ほんとにいいの？ それとも、実はとっくに愛想尽かされてた？ 俺の独り相撲とか恥ずかしすぎだな？

俺が悶々としていると、榎本さんは「へっ」と笑う。

「だって、ゆーくんがひーちゃんと付き合おうがわたしには関係ないもん」

「え、どういうこと？」

「わたしは、ゆーくんがひーちゃんと付き合ってなかったから好きだったわけじゃないし。ゆーくんが最初からひーちゃんと付き合ってても、たぶん好きって言ってたよ」

「…………」

そういえば、榎本さんってこういう子だったわ……。

このアイアンハートぶり、本当にちょっと分けてほしい。

「わたしはひーちゃんの一番の友だちになって、双方納得の上でゆーくんを差し出してくれるように頑張るだけだし。初志貫徹」

「それ、友だちじゃなくて上下関係からくる上納システムでは……？」

榎本さんが得意げに大きな胸を張った。

「ひーちゃんという成功例をリサーチすることで、わたしはさらに高みに上るから」

「どういうこと……？」

「今回の結果から導き出されることは、ゆーくんは恋愛脳と友情脳が一つになってるタイプだってこと。だから、わたしもこれまで通りの攻め方じゃダメだって思うの。これから優先すべきことは、ゆーくんの友情脳を陥落させるための〝you〟のチーム内においての特別なポジションの開拓であり——」

「真面目か⁉」

榎本さんってメンタル強すぎとか思ってたけど、単純に逆境でこそ燃えるタイプだったのかな。圧がすごいけど、それを本人の前で宣言しちゃうあたりめっちゃ可愛いです。

「じゃ、部活の練習戻るね」

「わかった。頑張ってね」

弁当を食べ終わると、榎本さんは立ち上がる。

そしてドアを開けたとき、廊下側からドアに手をかけようとする日葵と鉢合わせた。

「…………」

「…………」

「…………」

いや、空気重っ‼

完全に不意打ちだった。科学室は気まずい沈黙に包まれる。

どうする？ いや、完全に出鼻をくじかれた感じ。てか、榎本さんがいなくてもまともに会話できると思えないけど。

真っ先に動いたのは――榎本さんだった。その右手が、日葵の頭をむんずと掴む。

「成敗」

その瞬間、日葵の汚い悲鳴が木霊した！

「もぎゃあああああああああああああああああっ⁉」

そして日葵を廊下に沈めると、「またつまらぬものを堕としてしまった……」って感じでペンペンと両手を叩く。つきものが落ちたような笑顔で「ゆーくん、練習終わったらくるね」とクールに去っていった。

「…………」

いや榎本さん、絶対に怒ってるでしょ⁉

よかった、俺にアイアンクローこなくてマジでよかった……ッ‼

「てか、日葵。大丈夫……？」

「だ、大丈夫なわけあるかー……。えのっち、今日は絶対に本気だった……本気で死ぬかと思った……」

いつも手加減してアレだったのか……。

決して他人事ではない恐怖を感じていると、日葵が頭を押さえながら入ってくる。

「…………」

「…………」

そして沈黙。

榎本さんのおかげ（？）で少し空気は緩和されたけど、気まずいのは変わりない。さっきから日葵のやつ、視線合わせようとしないし。……てか、そんなリアクションされると、こっちも意識しちゃうんだけど。

それでも日葵はヒマワリの器材を見ながら、いつも通りっぽく振舞おうとする。

「あ、アハハー。悠宇、めっちゃ順調そうじゃーん。こりゃ紅葉さんとの勝負もヨユーヨユーって感じ……」

「あのさ、日葵」

向こうが何か言う前に、俺はその言葉を遮った。

日葵がびくっとして、すとんと椅子に腰を下ろす。唇をぎゅっと噛みながら、叱られる前のような感じで俺の言葉を待っていた。

「俺は昨日のこと、なかったことにはしないんで」

「っ⁉」

その身体が強張る。

ちょっと……いや、かなり泣きそうな表情になっている。たぶん、こいつまた変な誤解してるな。たぶん「コンビ解散とか言われる⁉」と思ってる顔だ。

俺は慌てて、決めていたことを告げる。

「だから、その……紅葉さんとの勝負に勝ったら、聞いてほしいことある」

「…………」

我ながらベタすぎ……。そう思ったけど、他に思いつかなかった。でも日葵みたいにモテるやつが、この言葉の意味することに気づかないはずない。

急に顔を真っ赤にすると、思いっきり宙に視線をさまよわせ……やがて口元を両手で隠しながら小さな声で「……うん」とだけ返事をした。

「………」

てか、気まずいっ‼

そりゃそうだよ。はっきり告ったわけでもないのに、日葵からそれ以上の返事があるわけないじゃん。

言うことは決まってたのに、完全に言った後のことを忘れていた。

な、何か、えっと、その……ああもういいや。ヒマワリ上げちまえ！

俺は慌てながら、でも細心の注意を払って器材を開ける。そして溶液に浸したヒマワリを取り出した。

結果として、それは吉だった。

日葵の興味が、花のほうに移る。それをしげしげ眺めながら、俺に聞いてきた。

「悠宇。これ何作るつもり？」

「………」

俺はちょっとだけためらいながら、それに答えた。

「ヒマワリのティアラ」

ティアラ。

主に女性が頭に着用する礼装用の装飾品。その説明の通り、ほとんどは特別な場合にのみ使用する。

日葵のためのティアラ。

意味するところは、まあ、そういうことだ。そして俺のそのクソ重すぎる提案にも、日葵はちょっと嬉しそうに笑った。

「いいじゃん」

その笑顔は、あの中学の個展のときよりもずっと可愛いと……俺は不覚にも思ってしまった。

Ⅳ Turning Point. "枯"

恋を積み上げるのに三年の歳月がかかっても、それが失われるのは一瞬のことだろう。

俺の人生が小説なら、あるいは映画なら。

減っていくページ数が、残りの上映時間が、この恋の終わりが近づくことを教えてくれるだろう。クライマックスの前にはわかりやすい盛り上がりがあるし、最大の危機は事前に伏線として匂わせてくれるはずだ。

でも、これは現実だから。

前触れもなく終わりがきて、その運命は避けられない。

その日——紅葉さんとの約束まで、あと三日に迫っていた。

うちのコンビニはお盆も通常営業だし、もともと家族は放任主義だ。連休だからと家族団らんで過ごすこともない。

ただ、お盆の間は家に居づらい。というのも、嫁にいった姉二人がゲリラ形式で襲来するため、俺は家にいるとお小言を頂戴する羽目になる。

その上、お盆の間、学校は完全に閉まっている。科学室に逃げることができないので、俺は泊まりの準備をして犬塚家へ避難していた。ここなら自由にさせてもらえるし、何より完成したティアラを猫の大福に狙われる心配がない。

問題を挙げるとすれば、前にも言ったとおり日葵はご両親とでかけているので、この数日は雲雀さんとお祖父さんと三人生活の状態ってことくらい。

いや、二人ともよくしてくれる。よくしてくれるんだけど、俺に食べさせる食事を巡って毎度リアルファイトするのは勘弁してほしい……。

とにかくアクセ制作は完了して、あとは紅葉さんが帰省するのを待つだけになっていた。

ヒマワリのティアラ。

ヒマワリの葉を模したパーツを中心に、俺が心血を注いだティアラ。その左端に大きなヒマワリのプリザーブドフラワーをあしらった。

間違いなく、俺の最高傑作だ。これなら勝てる。紅葉さんだって満足してくれるはずだ。実際に見た雲雀さんも太鼓判を押すほどの出来だった。

その日の夜、雲雀さんが帰宅した。

俺が寝泊まりさせてもらっている客間に飛び込んでくると、お土産の鯖の押し寿司を掲げて見せる。

「やあ、悠宇くん！　待たせたね！」

「あ、お帰りなさい」

「いやはや。参ったよ。このお盆の時期だというのに、中学の同窓会が開かれるとは。まったく、悠宇くんがいるのに無為な時間を過ごしてしまった」

「むしろお盆だから開かれるのでは……？」

そこらへんの機微は高校生の俺にはわからないけど、雲雀さんは文句のわりに楽しげだった。

やっぱり、昔の同級生に会うというのは特別なことなのかもしれない。

雲雀さんはご機嫌そうにウィスキーの瓶を持ちだすと、鯖寿司と一緒にテーブルに広げる。

「さ、二次会をやろうか！」

「寿司とウィスキーって合うんですか？」

「ウィスキーに合わない料理のほうが珍しいさ。悠宇くんの成人後が楽しみで仕方ないな。一緒に近隣のおいしい飲み屋を制覇しよう！」

「俺、父さん似なんで、たぶん酒弱いと思いますよ……？」

言いながら、俺もペットボトルのお茶をグラスに注いだ。

しばらく他愛ない話をしていた。同窓会の影響か、雲雀さんが学生の頃の話が多かった。特に中学のときはモテなくて、上級生の女子に告白して玉砕した挙句、それを同級生の男子たちに言いふらされて恥ずかしい目に遭ったというのは意外だった。

「へえ。雲雀さん、昔からモテてたものだと……」

「屁理屈臭い小僧だったからね。あの祖父さんに育てられた以上は仕方ないが、やはり同級生には煙たがられていたさ」

「てか、その中学の同窓会に行ったんですか……？」

「今では仲がいいんだよ。就職した後、仕事の関係で同級生に再会してね。不思議なもので、人というのは出会った時期が違えば親友が大敵になったりする。逆もまたしかりだ」

　そんな器のでかい人が、なぜ未だに紅葉さんと敵対しているのか。やはり恋愛トラブルの因縁は根が深いらしい……。

　そんな感じの時間を過ごしていると、ふと雲雀さんが言った。

「そうだ。例のティアラが見たいな。酒の肴にはもったいないが、目の保養があるのとないのとでは違うからね」

「ええ。この前も見たじゃないですか……」

「ハッハッハ。いいものは何度でも見たいものさ。それに悠宇くんだって、最近は日葵のことばかり考えていてチェックしていなかったんだろう？」

「うぐっ……」

雲雀さんの視線は、部屋の隅に乱雑に置かれた県内の行楽まとめ雑誌に向けられている。夏休みのイベントとか、祭り関係の情報が網羅されているやつだ。田舎のほうだと、未だにネットよりもこういう雑誌のほうが情報は豊富だったりする。

ご丁寧にペンで○とか書き込まれて、いかにも俺の浮かれ具合を表していた。

「こ、これはその、この前、ヒマワリを採りにいったときにまた遊びに行くという約束をしただけで……」

「ハッハッハ。隠すことはないさ。日葵から全部聞いているからね！」

「畜生、プライバシーを守るすべがない……」

筒抜け。筒抜けですよ。

いやそもそも隠し通せる気はしなかったけど、いくらなんでも早すぎでは？　日葵さん、どういう態度取ってたらそうなっちゃうんですかね？

俺が一人でがっくりしていると、雲雀さんが笑いながら肩を叩いた。

「いやあ、これで晴れて本当の義弟か。お義兄ちゃんとして、もっと甘えてくれていいんだよ？」

「ウェルカムすぎて逆にしんどいんですけど……」

どおりで、最近機嫌いいなあって思ってたんだよ。

俺が一人で死にたくなっていると、がっくんがっくんと肩を揺すられる。

「さあさあ。いずれ日葵に贈るためのティアラで乾杯しよう。いずれ！　日葵の！　晴れの日に！　着用する予定の！　ヒマワリのティアラで！」

「圧がすごい！　てか、マジでそういう言い方やめて!?」

気が早すぎっていうか、いやいやそういう意味合いだけど言葉にするのはやめてほしい。思春期男子にそんなこと言っていいと思ってるんですかねえ……。

俺はティアラを収めたケースを取り出すと、それを開けた。

そして中を覗いて……息を飲んだ。

ヒマワリが、変色して萎れていたのだ。

そのことに、雲雀さんも気づいた。

さっきまでの酔っ払いムーブがピタリと息を潜め、真剣な表情で聞いた。

「悠宇くん。これは？」

「こ、これは、えっと……」

なんでだ？

どうして、こんなことに？

俺は真っ白になりかけた頭で、精一杯考える。

誰かが？　いや、むしられたとか、千切られてるわけじゃない。これは人の手で行われたものではなく……自然に起こったものだ。

萎れている。つまり花の内部の水分が失われて、枯れ始めている状態だ。プリザーブドフラワーはいわば花の仮死状態。いずれはそういう状態になる。

でも、早すぎる。完成して一週間も経っていない。

花の内部には、保湿のための溶液が満たされている。それはちょっとやそっとでは抜けない。それなのに水分が抜けているということは……溶液を吸わせる前の初期段階で、花の脱水が十分に行われていなかったということだ。

もともとの花の水分と溶液の関係は、椅子取りゲームのようなもの。

まずは元々の水分を椅子から追い出して、そこに溶液を座らせるイメージだ。その水分が抜けきらずにいれば、溶液は十分に浸透できない。そして内部に残った水分は……補給がなければすぐに抜けていく。

脱水用の溶液から上げるタイミングを見誤った。

どうして？　脱水の段階、俺は何をして……ああっ⁉

「悠宇くん。どうしたんだい？」

「………………」

俺は答えられなかった。

そうだ。脱水用の溶液から上げたのは——日葵に例の約束をしたときだ。

『……ああもういいや。ヒマワリ上げちまえ！』

あのとき日葵との無言の空気に耐えられなくて、ついヒマワリの作業に移ることで誤魔化した。脱水の具合は……微妙なところだった。まだ内部の水分が、完全に抜けきっていなかったのだ。

雲雀さんは難しい顔で聞く。

「悠宇くん。これは復元できるのかい？」

「これは、もう無理です。この花には、今から保湿の溶液を吸い上げる力がない。見た目だけ整えることはできるけど、どうしても品質は劣ります……」

「スペアは？」

「これ以外の三つのうち、二つは試作に使ったので……。あと一つは家に残ってますけど、同じタイミングで上げたやつだから……たぶんダメです」

しくじった。

こういうことがあるから、スペアは溶液に浸け置く日程をずらさなきゃいけなかった。アクセの完成にばかり気を取られて、こういう事態を想定するのを忘れていた。ただでさえ、ヒマワリは難しいと榎本さんに説明していたくせに……。

今からプリザーブドフラワーを作り直して、間に合うか？　正直、微妙なところだ。当日だけ見栄えよくというなら可能かもしれないけど……。

「悠宇くん！　車を出すから、すぐに家のスペアをチェックしに行こう。ダメだったら生花店をしらみ潰しに……」

「いや、雲雀さん酒飲んでますよ！」

「あっ⁉　し、しまったあーっ！」

雲雀さんがタクシーの手配をする間、俺はただ情けなさに拳を握る。

頭の片隅ではわかっていた。

おそらくこの勝負には……もう間に合わないということを。

V

〝ずっと離れない〟for Flag 3.

三日後、早朝。

修羅場を越えた。

近所の生花店でヒマワリを購入し、急ピッチでプリザーブドフラワーに加工。花のサイズが小さくなったので、ティアラのほうも新しく作り直した。

そして昨日、お盆が明けて日葵も帰ってきた。

最近はすっかりお馴染みの「悠宇、何してんの⁉」からの言い合いとか色々あったけど、雲雀さんが取り持ってくれた。昨夜は移動で疲れているはずだけど、ずっと一緒にいてくれたし。

「……よし。なんとか完成だ」

大きく息をついた。

ヒマワリのティアラ。三日前の最高傑作とまではいえないけど、なんとか売り物として十分なものになったはず……。

障子の向こうは、うっすらと明るくなって……って、びっくりした！　日葵が俺の肩からだらんと腕を伸ばして寝落ちしていた。

いつものように首に抱き着いて作業を見ていたらしい。アクセの最終調整に集中してたから気づかなかった。どうりで肩が痛いわけだ……。

（……しかし、こうしてるとあのキスを思い出しちゃうな）

さらさらの髪が、俺の頬に押しあてられている。温かい寝息が首筋をなでて、その呼吸のたびに背中には日葵の胸が押し付けられていた。……やばい。めっちゃ緊張してきた。

俺が「え、どうすんの？　日葵どかさないと動けないし。でも作業終わったし、しばらくこのままでも……」とか邪なことを考えていると、襖が開いた。

「悠宇くん、入るよ。……おや？」

雲雀さんだ。あ、やべ、と思う間もなく、おにぎりとお茶をのせたお盆を持って入ってくる。

俺たちの体勢を見た雲雀さんが、なんや微笑ましそうな笑顔になった。

「日葵の腕、マフラーに加工して持って帰るかい？」

「いや怖っ！　どういう思考回路でその言葉でたんですか!?」

「ハッハッハ。冗談だよ。あまりに二人が眩しいもので、つい意地悪してしまったな」

わかりづらいよ！

てか、うっすら目の下にクマあるし、たぶん雲雀さんも寝ないで待機してくれていたんだろう。めちゃくちゃ優しいけど、寝不足の雲雀さんのジョークだけは不穏すぎる。

そのツッコみの声で、日葵が目を覚ました。

「んあっ……あ、おはよ」

「お、おはよう……」

口元のよだれが俺の襟を濡らしても、寝起き美少女は今日も超絶可愛い。

日葵はパチパチッと目を瞬かせると、よっと軽やかに起き上がった。障子を開けて、窓の外を眺めながらくあっと伸びをする。寝起きはめっちゃいいらしい。

「いやー、昨日は久々の悠宇成分補給でつい寝落ちしちゃったなー」

「その悠宇成分って何？　おまえ、勝手に変な成分作らないでくれる？」

「変な成分じゃないよー。お兄ちゃんもよく言ってるし」

「雲雀さん⁉」

雲雀さんは爽やかな笑顔でスルーしながら、おにぎりのお盆をテーブルに置いた。

「どれ。成果を見せてもらおうか？」

「あ、はい！」

さっき完成したティアラを、雲雀さんの前に差し出した。

それを日葵も一緒に覗き込む。

「おー、いいじゃーん！　すごく可愛いと思う」

「あ、あざっす……」

つい照れ臭くなってしまう。

そして日葵は、雲雀さんにも同意を求める。

「ね、お兄ちゃん！」

「…………」

ん？

雲雀さんは難しい顔で、じっとティアラを見つめている。

「雲雀さん。もしかして、どこかよくないですか……？」

「あ、いや、そういうわけじゃないんだ」

そう言って、にこっと微笑んだ。

「僕はいい作品だと思う。この三日で、よくここまで盛り返したものだ。これなら紅葉くんも納得するんじゃないかな」

なんか引っかかる感じだ。

いや、雲雀さんは嘘を言わない。その言葉を信じるだけだ。

「それじゃあ、そろそろ準備しようか。紅葉くんは昨日の便で到着しているはずだ」

俺たちはうなずくと、ティアラをケースにしまった。

身支度を整えて、雲雀さんの車で出発した。

その途中で、榎本さんの家を経由する。そこで拾った榎本さんは、すごく意気込んだ感じで宣言した。

「今日こそ、お姉ちゃんを捕まえるから」

「榎本さん。その大きなバッグ、何が入ってるの？」

あまりに不釣り合いな、ごつごつとしたリュックサックを抱えていた。

榎本さんは「えへ」とはにかむと、すごく可愛い感じで答える。

「内緒だよ」

「そ、そう。うん、捕まえられるといいね……」

チャックの隙間から、なんか太い鎖っぽいの見えてるんですけど。

え、大丈夫？　このまま俺の家に連れていって大丈夫？　警察沙汰にならない？

ガクガク震えていると、うちのコンビニが見えた。

……いよいよ、約束の日だ。

♣♣♣

到着した時刻は、朝の九時だった。

紅葉さんはすでに起きていて、うちのリビングで咲姉さんと優雅に紅茶を飲んでいる。俺たちがリビングに入ると、満面の笑顔で迎えてきた。

「あっ！　ゆ〜ちゃん、日葵ちゃん、おはよ〜☆」

「お、おはようございます」

すごくテンション高い感じで、ブンブン手を振る。

緊張感ねえなあと思っていると、いきなり紅葉さんの身体がぐるぐると鎖で縛られた。背後で榎本さんがガチャンと錠をする。

そのまま、ずるずると引かれていった。

「お姉ちゃん。うちに帰るよ」

「ちょっと凛音〜っ！　乱暴やめてってば〜っ！」

「うるさい。お姉ちゃん、いっつも目を離した隙に逃げるもん。今日こそ、お母さんに叱ってもらうから」

「お母さんは許してくれてるでしょ〜っ！」

「お姉ちゃんが捕まらないから諦めてるだけだよ」

榎本さんはリビングの出口で、俺たちに向いた。

ぺこっと頭を下げる。

「お邪魔しました」

そう言ってリビングを出てい……ってちょーっ⁉

「榎本さん、待って待って！」

「……むぅ」

危ない危ない。

寝不足で判断力鈍って、そのまま見送るところだったわ。ラスボスがいきなり家族に連れられて退場とかどういうことなの？

「あの、榎本さん。えっと、俺も紅葉さんと話さなきゃいけないし。できれば、その後でお願いしたいなって……」

「……ゆーくんがそう言うなら」

鎖に縛られたまま、ソファに座らされる紅葉さん。

え、何この状況。ここでうちの父さんか母さんが帰ってきたら確実に変な誤解させちゃうんだけど……。

そして当の紅葉さんは、まったく意に介さずにニコニコ笑いながら言った。

「それじゃ、ゆ～ちゃんのアクセ見せてもらおっかな～♪」

「は、はい。よろしくお願いします」

めっちゃドキドキする。いざとなると、やっぱり手が震えていた。

ケースを開けて、ヒマワリのティアラを取り出す。それを慎重に、紅葉さんの目の前のテーブルに置いた。

まず榎本さんが、ホウッとため息をつく。

「可愛いね」

「あ、ありがとう」

大勢の前で褒められてリアクションに困る。……そしてなんで日葵がどや顔してるの？　反応したら藪蛇になるから絶対に触れないよ？

「…………」

咲姉さんはいつも通り、ポリッピーを食べながら無言でじっと見ているだけだ。

雲雀さんも……ん？　雲雀さん、なんで緊張した様子で咲姉さんを見ているんだ？　そのことがちょっと引っかかったけど、今はいいか。

とにかく、今は紅葉さんの反応が重要……。

「うわ～、可愛いね～。インスタのよりずっと凝ってる～♪」

……え？

想像よりもずっと……いや、そもそも想定していなかったほどの満面の笑みでティアラを見ている。

「これ、もしかしてウェディングティアラかな～？　ヒマワリが派手だしお洒落だね～。ティアラも控えめだけど、細かく作ってあるね～。うんうん、すっごくいいと思うな～♪」

手放しで褒めちぎっている。

あまりに悪意のないリアクションに、逆に何か裏があるんじゃないかと疑うほどだ。日葵や榎本さんもぽかんとしている。

「あの、本当にそう思うんですか？」

「え～。だって～、可愛いものは可愛いも～ん。わたし欲しいな～。これ一般販売するつもりあるかな～？」

俺は二の句が継げなかった。

あまりにあっけない幕引きだ。この三週間、あんなに色々考えていたのは何だったんだ。いや、前向きに考えれば、色々考えたからこその結果なのか？

でも、とにかく好印象なのはホッとした。

この勝負に勝ったら、日葵を連れて行くのは諦めてもらえる。俺は息をつくと、紅葉さんに確認した。

「じゃあ、俺の勝ちでいいんでしょうか……？」

「ん～？　それはどうかな～？」

そこで焦らされる。

妙な返事だった。

すっきりしない感覚を覚えたのは、紅葉さんは気に入ったのに、勝負は決まってない？

ただ一人、雲雀さんが何かを察したように小さく舌打ちをした。その様子に、俺は嫌な胸騒ぎを覚える。

「どゆこと？」「さあ？」とやっている。

日葵や榎本さんも同じだった。二人で顔を見合わせて

嫌な予感を肯定するように、紅葉さんはもったいぶった感じで腕を交差した。

つまり……『×』だ。

紅葉さんは変わらない笑顔で、高らかに宣言した。

「可愛いけど、勝負はダメ～♪」

「な……っ」

俺はつい声を荒らげる。

「もしかして、何を作っても負けにするつもりだったんですか⁉」

「そんな卑怯なことはしないよ～。ゆ～ちゃんがいいもの作ったら、日葵ちゃんを諦めてあげるつもりだったんだ～」

「じゃあ、なんで……？」

俺の言葉に、紅葉さんは微笑んだ。

まったく変わらない。……あの冷たい人形みたいな笑顔で。

「当然でしょ～？　この勝負の条件は『ゆ～ちゃんの全力を見せること』。それなのに失敗作でわたしを誤魔化そうなんて、そっちのほうがおかしいと思わないのかな～？」

「そ、そんなことないです！　俺はいつもアクセには全力を……」

紅葉さんが、ハアッとため息をつく。

「じゃあ、なんで二番目のアクセを持ってきたの～？」

「……っ⁉」

俺の言葉が止まる。

その態度が何よりの肯定だった。いや、ここで取り繕うことは意味がない。紅葉さんが何かしらの確信を持って言っているのは明らかだった。

「ど、どうして？」

「ヒマワリが枯れたのは知ってるよ～。だって咲良ちゃんが教えてくれたからね～♪」

……は？

平然と明かされた事実に、俺は言葉を失った。

そしてヒマワリが枯れたことを伝えたのだという咲姉さんは、平然とした顔でポリッピーをつまんでいる。その目が俺を一瞥して、何も言わずにテレビに向かった。

紅葉さんの冷たい視線が刺さる。

「ゆ〜ちゃん。わたしを騙そうとしたんだよね〜？」

「そ、そんなつもりじゃ……」

「じゃあ、どうして本命のヒマワリが枯れたことを正直に言わなかったのかな〜？」

「いや、だって、勝負に間に合えば……」

「間に合えば、何？」

「……っ⁉」

俺は今、なんと言おうとした？

紅葉さんの追及よりも、とっさに言おうとした自分の言葉に愕然とする。

『勝負に間に合えば、どっちでもいいでしょう』

深く飲み込んだその言葉が、俺の体内にくさびを打つ。

溶けて消えずに、俺の心の錘になるのを感じた。

紅葉さんの興味は、俺から移った。雲雀さんに目を向けると、フッと嘲笑する。

「雲雀くんの一押しだっていうから期待したんだけどな〜。ホントがっかりしちゃった〜」

「…………」

無言で見守っていた雲雀さんが、ぎゅっと唇を噛む。

反論の余地はないと物語っていた。いや、それ以上に……あのプライドお化けの雲雀さんにこんな顔をさせるのが、たまらなくつらかった。

紅葉さんは、話は終わったとばかりに榎本さんを見る。

「凛音、帰るよ～。久しぶりにお母さんの顔を見ていこうね～」

「……うん」

そして榎本さんに引きずられてリビングをでるとき、その目が日葵に向いた。すごく華やかな笑顔で声をかける。

「それじゃ、日葵ちゃん。今後のことは、また後でラインするね～♪」

「く、紅葉さん！　アタシはっ……」

しかし、それを一睨みで黙らせる。

「往生際が悪いと、せっかくの可愛さが曇っちゃうぞ～？」

「……っ」

無言の榎本さんに引っくくられて、紅葉さんは「バイバ～イ」と去っていった。

そして沈黙が包むリビング。

俺たちの視線が、咲姉さんに注がれる。

その咲姉さんはソファで脚を組みながら、ポリッピーをがーっと口の中に放り込む。ボリボリ咀嚼しながら、ちらっと俺を一瞥した。

ごくんと飲み込んだタイミングで、ふうっと息をついた。

「なんか言いたそうね？」

♣♣♣

「……なんで本命のヒマワリが枯れたこと、紅葉さんに言ったんだよ」

日葵がハッとすると、珍しく咲姉さんに食ってかかる。

「そうだよ！　咲良さん、悠宇のこと応援してくれてたんじゃないの⁉」

でも、咲姉さんは涼しい顔だった。

「勘違いしないでね。わたしが応援してたのは、愚弟じゃなくて日葵ちゃんのほうよ」

「あ、アタシ……？」

咲姉さんは、はっきりとうなずいた。

「愚弟が日葵ちゃんの、い、い、い人生を預かるというから、最低限ちゃんとしなさいと言っていただけ。

愚弟がアクセに対して真摯でなくなったというなら、さっさとやめたほうが身のためだわ」

その言葉には、明らかな侮蔑があった。

「咲姉さん。俺がアクセに対して真摯じゃないって言いたいわけ……？」

咲姉さんが、ポケットからアクセサリーケースを取り出した。

それをテーブルに載せると、ふたを開ける。そこに入っていたのは……俺のアクセ？

「愚弟。これ覚えてる？」

……覚えている。

これは先月の……あの学校でのアクセ騒動のときに作ったものの一つだ。学校の生徒へのオーダーメイドアクセ。それをなんで咲姉さんが持っているんだ？

「わたし、あのとき〝you〟の経理関係の事情を伝えるために学校に呼び出されたの」

「……そういえば、そんなこと聞いたような」

俺のアクセを買った生徒の保護者からクレームがきた件。それで俺が呼び出されたとき、進路指導の笹木先生がそんなことを言っていた。あれから何も言われなかったから、てっきり問題はなかったのかと思っていた。

「そ、そのとき何か言われた、とか……？」

「問題はなかったわ。笹木先生は理解のある方だし、経理関係も特に咎められる部分はなかった。……ただ、このアクセを除いてね」

「このアクセに、何か問題が……？」

「よく見なさい」

トントンとテーブルを指で叩く。以前、榎本さんに作ったチューリップのように、プリザーブドフラワーをあしらったもの。

「……あっ」

花が萎れていた。

三日前のヒマワリのティアラと同じ現象が起きていた。

「これと同じようなのが、あと二つあったわ。そして花びらがひび割れたのも一つ。この意味、あんた理解できるでしょ？」

「…………」

俺が言葉を失っていると、咲姉さんは続けた。

「四月頃のこと覚えてる？　あんたに上のステージを目指して『恋』のアクセを作れと言ったこと」

「それも覚えているけど……」

榎本さんの月下美人のブレスレットを修理した日のことだ。俺のアクセにリピーターが少ないからって、咲姉さんにそんな課題をもらった。榎本さんにチューリップのヘアピンを作ることになったきっかけでもある。

「わたしの言った課題に向き合って、あんたなりに頑張っていたのは知ってる。それに上を目指す理由も見つけた。でも、そのせいで露呈したことがある。あんた、根本的にクリエイターに向いてない、い、い、いのよ」

咲姉さんが立ち上がった。

リビングの隅に、段ボール箱があった。それを持ってくると、テーブルに置いて開ける。中身を見て、俺たちは驚いた。

「これ、全部俺のアクセ……？」

これまで、俺が制作したアクセが大量にあったのだ。……その中には、あの中学の文化祭で売っていたものもある。

それを一つずつテーブルに並べる。アクセケースには、年月がラベリングされていた。それは、俺がそのアクセを販売した時期だった。

「これまであんたが販売したアクセ、一つたりとも不良品はなかった。まあ、他のクライアントに売ったものまではわからないから、絶対とは言い切れないけど。でも、これだけの数のサンプルがあって、一つも不良品がないというのは事実よ」

並べたアクセの、一箇所をトントンと指で叩く。

それは今年の……四月。

「わたしが課題を出してからの四ヶ月。それだけでここに四つの不良品が出た。それもオーダーメイドの仕事で。この過去作たちと、オーダーメイドたち。何が違う？」

問われて考える。いや、考えるまでもなかった。

技術や、使用しているパーツの問題ではない。クライアントへ事細かに話を聞いたとか、そういう問題でもない。

問題は、その期間の俺のメンタル。

日葵への気持ちを持て余し、そっちにばかり気を取られていたこと。いわばプライベートにかけるキャパが大きくなったせいで、仕事に悪影響を及ぼしているということだ。

「あんたがこれまでクリエイターらしくやってこられたのは、他に熱中できるものの選択肢がなかったから。ちょっと恋愛にかまけたせいで、ここまで集中力がガタ落ちになったのがいい証拠だわ」

「咲姉さん、待ってよ。確かにこのティアラの本命は制作段階で失敗した。でも、こうやって間に合わせた。紅葉さんだって可愛いって……」

咲姉さんのでかいため息が、俺の言葉を止める。

「あんた。そういう他人の評価で満足するタイプだった？」

「……っ!?」

テーブルのティアラを手にする。

「ヒマワリのティアラ。いいと思うわ。『あなただけを見つめる』という気持ちを込めたウェディングアイテム。抜群の発想だと思う」

そして、鋭いまなざしを俺に向ける。

「もしコレが本当の結婚式への受注だったら、あんたどうするつもり？」

その言葉に、息を飲んだ。

「人生でたった一度の晴れ舞台。この人ならと決めた運命の相手。自分の人生を支えてくれた家族や友人たちの前で披露する最高の主役として……この間に合わせでこしらえたティアラを、あんた胸を張って引き渡せる？」

咲姉さんがティアラの輪郭をなでる。

「これまでのあんたのアクセは、全部に全力が見えたわ。確かに技術としてはこのティアラに劣るかもしれない。でも、これまでは時間の許す限り一つの作品の完成度を追求していた。このティアラは、本当にあんたが考える全力と言えるの？」

「…………」

言えない。

このティアラは、本命のティアラの花が枯れたせいで用意した『代替品』だ。

この代替品のヒマワリは、例のヒマワリ畑で採ってきたものよりもずっと小さい。ゆえにティアラ自体も、想定したよりも小さくした。その分……本命よりもインパクトに欠ける。それは致命的に魅力を欠く要素でもあった。

ウェディングティアラは、そもそも広い空間で使用することが前提。遠くに座る来賓の目にも届くように、大きなヒマワリをチョイスしたんだ。その前提を満たさない時点で、これは失敗作と言われてもしょうがない。

「自分たちの夢をかけた一回限りの勝負ですら、真剣にアクセに向き合えない。どうせ紅葉が折れてくれるだろうとか、本気で思ってたんじゃないでしょうね？　あんた中学の頃と比べて、優しくされるのが当たり前になっちゃってない？」

ヒマワリのティアラを俺の前に置く。

恋にかまけた罪を見ろとばかりに、苛立たしげに指でテーブルを叩いた。

「肥料を与えすぎた花は枯れるということを、あんたなら知ってるはずよ。クリエイターでありたいなら、その甘いだけの気持ちを捨てなさい。もし恋心を優先するなら、他人を巻き込むのはやめなさい」

その冷たい眼光が、俺をじっと射すくめる。

咲姉さんは、いつだって正しい。

その正しさに、俺はいつも負け——今回もまたそうだった。

「互いの成長を止める相手とわかって一緒にいたいというのは、運命共同体ではなく共食いよ。この青春ごっこのティアラを、商談の場にだした浅ましさを恥じなさい」

そう言って、咲姉さんはリビングを出ていった。階段を上がる音がして、そのまま部屋のドアを閉める音。咲姉さんは夜勤明けだから、きっとこのまま今日の出勤時間まで寝る。俺にとっては大きな出来事でも、咲姉さんにとってはその程度のイベントなんだろう。

しんと静まった家で、俺はただ呆けていた。

……咲姉さんの言葉が意外だったからじゃない。すべて図星だった。

俺が薄々と感じていて——でも、日葵への恋心や雲雀さんたちの応援に甘えて見ないようにしていたこと。そのすべてをこうもあっさりと暴かれた。

雲雀さんが申し訳なさそうな顔で見るのも、なんだか痛かった。雲雀さんは悪くない。悪いのは、全部俺なのに。

日葵が雲雀さんに連れられていくとき、ふと振り返る。

「ねえ、悠宇……」

「日葵さ」

その言葉を遮った。

きっと日葵は慰めてくれようとする。それは俺には耐えられない。

「このティアラ作る前に言ってたこと……ごめん、忘れて」

日葵の顔が一瞬、悲しそうに歪んだ。

それ以上は何も言わなかった。日葵が雲雀さんに連れられて出ていき、一人になったリビング。俺はそのティアラのヒマワリを手に取って……静かに握り潰した。

その翌日。茹だるような暑さの昼下がり。

アタシはイオン近くのアンコーヒーベイクを訪れた。アメリカンな内装と、本場仕込みの美味しいハンバーガー。そして素敵なカフェを楽しめる、この田舎町にはもったいないくらいの本格派パン屋さん。

中央にある六人掛けのテーブルの真ん中に、アタシを呼び出したやつが座っていた。

うちの学校チャラチャラチャラチャラ男代表、真木島くん。

無地のTシャツに、カジュアルな感じのシャツを羽織っている。下は七分丈のジーンズだった。……今日は部活には行ってないらしい。

その真木島くんは、先にハンバーガーを頼んで食事していた。アタシが向かいの席に座ると、「やはりきたか」とばかりにムカつく笑みを浮かべた。

「何の用？」

「ナハハ。そろそろ外面さえ取り繕わんようになってきたなァ」

「正直、そういう軽口に付き合うのも面倒なくらい忙しいんだよね。うちの家電に連絡してきてまで、何の用？」

「忙しい？　ああ、そうであった。なにせ、東京に行く準備をせねばならんからなァ？」

……アタシがイラッとした表情を向けると、「冗談だ」という感じで肩をすくめる。メニュー表を差し出して、注文を促した。

「おごりだ。サンドイッチメニューは週替わりだがどれもうまいぞ。ドリンクはカフェラテか特製ジンジャーエール、あとレモネードあたりを選ぶといい」

「……じゃあ、アイスカフェラテだけ」

真木島くんは自分のジンジャーエールを口にする。

「どうせ日葵ちゃんのことだ。どうにか東京に行かずに済む方法……あるいは行ったあと逃げ出す方法でも考えておるのだろう？」

「……まあね」

こいつに嘘ついても意味ない。

どうせすぐに見透かされる……というか、バレたところで不都合もないし。

「きみの思い通りにはさせないから」

「何のことだ？　ナツから聞いておるだろう？　今回、オレは何もしておらんよ」

「アタシに嘘ついても意味ないよ。悪いけど、アタシは悠宇みたいにきみのこと友だちとか思ってないからさ」

「嘘ではない。信じてくれとは言わんが、そういちいち悪者扱いしなくてもよかろう？」

いけしゃあしゃあと……。

そう言っている間に、アイスカフェラテがやってきた。そのストローに口をつけ、ちゅーっと飲んでみる。苦みと甘みが絶妙だ。

「うわ、美味しい……」

「そうであろう？　たまには日葵ちゃんに利益のあることも言う」

こんなことで一本取った気でいる笑顔がムカつく。

真木島くんは口を目一杯広げると、ファーストフード店のより一回りは大きなハンバーガーにかぶりついた。

それをもぐもぐ美味しそうに食べると、口元のソースをぺろっと舐める。

「オレが企てるのは、ここからだ」

「…………？」

アタシが眉を顰めると、真木島くんは楽しげに言った。

「日葵ちゃん。素直に紅葉さんの事務所に入り、その分野で高みを目指したまえ」

「…………本気で言ってる？」

真木島くんは胸ポケットから扇子を取り出して……いや、その手には何も握られていなかった。私服だから扇子が入ってなかったくさい。

ちょっと恥ずかしそうにした後、手を扇子のようにパタパタ動かすだけで終わった。なんて痛いやつ……。

「本気も本気。超本気だ。どうせ紅葉さんからは逃げられないのだから、そのカロリーを前向きに活用したほうがいいと言っておるのだよ」

「手を組んでもいないのに、わざわざ紅葉さんへのポイント稼ぎ？　そういえば昔から、真木島くんって紅葉さんに憧れてたもんね。けっこう純情なところあるじゃん？」

「ナハハ。何とでも言いたまえ。悪いがオレは、日葵ちゃんのように自分の恋を後ろめたく思ってはいないのでな」

「……悪いけど、アタシは悠宇との約束を果たすのが最優先なの。そりゃお金の問題があるから簡単にはいかないだろうけど、アタシは諦めないからね」

　真木島くんはしばらく沈黙していた。

　その濁った瞳が、じっとアタシを見つめる。やがて「そうか」とつぶやくと、再び扇子を広げ……るような動作だけで口元を隠した。

「それが本心だというなら、なおさら解せんな。ナツのためを思うなら、なぜ紅葉さんの誘いに乗らんのだ？」

「……どういうこと？」

　ハアっとため息をつく。

説明するのも面倒くさいという様子で、肩をすくめた。

「ナツのアクセを広めるという目的において、紅葉さんのスカウトはこれ以上ないほどの勝利の一手ではないか。仮にその青春ごっこを徹底するなら、紅葉さんのスカウトを拒否するのはおかしいと思わないのか？」

「……っ⁉」

とうとう核心を突かれた。

思いだすのは、アタシと悠宇が初めて手を組んだ中学の文化祭。

悠宇のアクセは、アタシの協力で完売した。……嘘だ。実際に協力したのは、アタシじゃなくて『紅葉さん』だ。

紅葉さんが宣伝してくれなければ、無名の中学生のオリジナルアクセが完売するなんてありえなかった。

そして高校生になってから一年と少し、アタシは紅葉さんと同じことをしている。自分をモデルにして、SNSでアクセを宣伝している。

でも、未だにあんな爆発的な売り上げを達成したことはない。あれからアクセはどんどん魅力的になってるのに、たった一日だけ写真を投稿した紅葉さんの足元にも及ばない。

アタシと紅葉さんの違いは、ただ一つ。

『モデルの知名度の差』

お笑い芸人などが、小説を出版してベストセラーを叩きだすことも珍しくない。元からシナリオを作ることを生業とする人たちだ。ストーリーの品質が高いというのは当然だけど、それだけで売れるとは限らない。必要な一手は、本人の知名度。

インフルエンサーという言葉も浸透した。有名人が勧めるものだったら、いいものに違いないという心理を利用する。それは販売戦略として、何も間違っていないのだ。

アタシが紅葉さん並みのモデルになりたいなら……その紅葉さんに師事するのが一番の方法だ。子どもにだってわかる理論。

真木島くんは扇子を顎先に向けるような仕草で、アタシをビシッと指さした。

「日葵ちゃんの取り柄は、可愛いことだ。だが、それを熟練させるための戦場はここではない。可愛いことを正しく利用する方法を学ぶために、紅葉さんの誘いに乗るふりをしたまえ。他人を転がして自らの利益にすることは得意なはずであろう？」

「で、でも、アタシは悠宇のアクセ作りのサポートしなきゃ……」

「それは、リンちゃんを使いたまえ。リンちゃんは事務作業もできるし、ナツが新作アクセを試すためのインスタのモデルとしても十分な素材だ。ＧＷのインスタで実績もある」

「…………」

アタシは押し黙った。

理屈としては、完璧。おそらく五月からの一連のトラブルを検証して、この瞬間のために入念に組んでいた。目の前にいるのは、そういう男だ。

真木島くんは緊張した空気を和らげるように、わざと朗らかに笑った。

「ナハハ。ナツをリンちゃんに渡せと言っているのではない。ただ、日葵ちゃんが『自分だけの武器』を手に入れるまで預けておけと言っておるのだ。どこぞの馬の骨に盗まれるよりは、所在が明確なほうが安心できるとは思わないか？」

そしてアタシが返事をする前に、鋭い語気で言う。

「いつも言っておるではないか。30までに店を持って、それから改めて恋を育めばよい。そもそも最初からそのつもりなのだから、何も問題はないはずだ」

その言葉が、最後の攻撃。

アタシと悠宇の関係の最大の強みであり……最大の弱点。

「本当の絆があれば、何年か離れ離れになっても平気であろう？　週刊少年ジャンプの人気漫画にも必ずある、修行パートというやつだよ」

本当の絆。

その言葉が、アタシの頭をガツンと殴る。脳裏に浮かぶのは、悠宇からもらったニリンソウのリング。それを求めて、無意識に首元に触れる――けど、そこには何もなかった。

そういえばヒマワリ畑で悠宇に渡したままだった。

アタシが恋の罪に溺れて、友情を見失った末路が昨日の結果――。

悠宇のせいじゃない。

アタシのせいだ。

悠宇はちゃんとアクセに向き合っていた。それをめちゃくちゃにしたのはアタシだ。

謝りたい。

でも、アタシは昨日から連絡できずにいる。だって、もし責められたら……アタシはもう、悠宇の隣にいることができないかもしれないから。

「……まだ決めかねておるな？」

「うるさい。黙ってて」

テーブルの下で、ぎゅっと拳を握る。

本当の絆があれば、修行パートに入っても大丈夫。離れ離れって言っても、ラインでやり取りできるし、休みのときは絶対に帰ってくる。新作のアクセができたら、アタシに送ってもらうこともできる。

たかだか、一緒に学校に通えなくなるだけじゃん。

毎日、顔を合わせなくたって大丈夫でしょ？

（……ほんとかな？）

えのっちの顔が思い浮かぶ。

悠宇の隣で、嬉しそうに「えへ」って笑ってる顔だ。えのっちのあんな顔、これまで見たことなかった。いつも不機嫌そうにぶすーっとしてるのに、悠宇の隣にくると途端に恋する乙女になってしまう。

可愛い。

あんなに可愛い子が隣にいるのに、アタシは別の土地で頑張らなきゃいけない。勝てる気がしない。

もう心ではわかってる。

えのっちのほうが、悠宇に似合っている。えのっちならアクセ作りのサポートを任せられるし、悠宇のことだってきっと大事にしてくれる。いや、いっそ洋菓子店で一緒にアクセ売ればいいじゃん。つくづく最高のカップルって感じ。

それに比べて、アタシはなんだ？

アクセ作りのサポートするって言ってるくせに、邪魔ばかりしている。そもそもアタシがいなきゃ、紅葉さんを怒らせることもなかった。こんなに脆弱なものを、これまで運命共同体だなんて言ってたの？　酷すぎる。ほんとに最低。

何が酷いって……この期に及んで、それを手放せない自分がほんとに酷い。

アタシが黙っていると、真木島くんが呟いた。

「もう一押しか」

もっもっとハンバーガーを食べきると、ジンジャーエールを飲み干した。そして空になったお皿に、トンと人差し指を置く。

「大サービスだ。日葵ちゃんとナツの夢が叶ったとき――つまりアクセショップを開店させたとき、まだ日葵ちゃんにナツへの気持ちがあったなら。そのときは全力で日葵ちゃんの味方になることを約束しよう」

「……何を言ってんの？」

ほんとに意味がわからない。あくまで悠宇のためって言ってるけど、実際はえのっちのためだ。アタシが東京に行けば、えのっちがフリーになる。がんがんアピって、悠宇をものにするチャンスが増える。

ここまでは理解できる。

じゃあ、なんでそれを奪い返す手伝いをするとか言ってんの？　夏の暑さで頭がおかしくなっちゃった？

「真木島くん。何が目的？」

「大した目的などない。オレは退屈が嫌いなのだ。あのリンちゃんを相手取るのは、きっといい退屈しのぎになるだろう？」

そうして、珍しく優しげな笑みを浮かべた。

「オレはチャラいが、約束は守る。痴情の縺れで刺されて死んでさえなければ、地の果てからでも飛んでこよう」

「………」

真木島くんは言いたいことを言うと、最後に「ご検討を」と残して去っていった。テーブルの上には、千円札が三枚置いてある。……これが約束を守る証明だとでも言うつもりかな。

(……でもメンタル弱ってるときの正論は効く)

前から真木島くんのことは苦手だった。その理由が、やっとわかった。

ほんと、どんだけうちのお兄ちゃんのこと意識してるんだか。

咲姉さんにぼろくそ言い負かされてから、二日が経った。

朝から蟬の騒音はワンワン頭に響くし、寝不足の身体は死ぬほどだるい。

連日の猛暑は、俺の頭を確実にバカにしていると思う。ずっと何もする気が起きずに、俺は全開にした窓にカーテンが揺れるのを見つめるだけだった。

猫の大福がドアの隙間から部屋に入ってきた。テーブルの上のアクセパーツを嚙んで、じっと俺を見つめる。俺が止めに動かないのを察すると、「つまらん」とばかりにベッドのマットレスで爪とぎして出ていった。

(どうすんのが正解だったのかな……)

日向灘から吹く潮風のせいで、この町の夏はいつも粘っこい。

気持ちの悪い汗をかきながら考えるのは、勝負のあの日のことだ。ヒマワリが枯れた後、俺は納期に間に合わせるように動いた。でも、それがクライアントには『失敗作を売りつけられた』と映ったわけだ。

じゃあ、どうすればよかったんだ？

謝れば許してくれるのか？

そもそも許してもらおうって考えが甘いって言われてんだろ。

わかんねえ。外から響く蝉の騒音で、まともに考えることができない。エアコンつけるか？なんとなく、それも気が進まない。日葵からの連絡はない。

このまま干乾びたら、俺の身体をプリザーブドフラワーにして飾ってもらおう。いや怖すぎだわ。何その思考。マジで暑さで頭やられてる。

水、飲むか。花に水分が必要なように、俺にも必要なものだ。

あー。てか、今日の学校の花壇への水やりしてない。早く行かないと、この暑さにやられる。いつもは日葵がやってくれてるんだけど、さすがに昨日は手つかずだったし。今日もたぶん、行ってないはず。

……榎本さんにお願いしたら、やってくれないかな。

いやいやいや。何を考えてんの。さすがにクズすぎ。都合のいいときだけ榎本さん頼りはやめろって。……でも、吹奏楽部の練習で学校いるんじゃね？　だからダメだって！

「……ん？　車？」

俺の家の前で、車の停まる音がする。

身体をずらして、窓から見下ろした。タクシーが停まっている。そして、俺の家にタクシーで乗りつけるやつは一人だけだ。

（日葵だ!?）

思った通り、後部座席から日葵が降りてきた。

俺の部屋を見上げて、ばっちり目が合う。

なんかガチャガチャと玄関のドアを開けようとする。鍵がかかってるのを知ると、チャイムを押す——のではなく、玄関脇の植木鉢の下からスペアキーを取り出した！

（やべ、部屋ぐちゃぐちゃ！　てか、俺の格好がやばい！）

Tシャツとパンツオンリーの完全に休日モード。しかも汗でべっとべと。

慌ててベッドから起き上がって、シャツを脱ぎ去った。ええっと、着替え、着替え。そういえば一昨日から、めんどくて洗濯やってねえな。とりあえず間に合わせの……あ、てか大福が入ってきたせいでドア開けっ放し……。

それに気づいた瞬間、日葵が軽快に顔を覗かせた。

「ゆっう〜。可愛い日葵ちゃんがきてやっ……」

　そして同時に、俺たちは叫んでいた。

『うわあああっ!!』

　蟬の騒音もなんのそのって感じの大絶叫だった。

　俺は慌てて日葵の口をふさいだ。

　日葵は廊下の壁に背をぶつけ、ぺたんと尻もちをつく。両手で顔を隠しながら……てか、ちょっと隙間から見てんじゃねえよ⁉

「なになになに⁉　悠宇、いきなりパンツ一丁で何するつもり⁉」

「いやいやいや！　そもそも、おまえが勝手に入ってくるほうがおかしくね⁉」

「咲良さんから勝手に入っていいって鍵の場所聞いてたんですーっ！　悠宇こそ、さっきアタシと目が合ったじゃん！　そのタイミングで脱ぎだすとか……おまえ、さすがにちゃんと付き合ってないのにソレはダメだろがーっ!!」

「おまえのほうが絶対にダメなこと考えてるだろ⁉　てか、日葵！　おまえん家の風呂のときは平然としてたくせに、こういうときだけ女子アピールすんのズルくね⁉」

「そ、そそ、それは状況というか関係が違うっていうかお風呂のときは悠宇から襲ってくる可能性なんて皆無だったから余裕ぶっこけ……って、わーっ！　近づくなバカーっ！」

おまえ、バッグ振り回すのやめろ！　命中したらどうするつもりだ！

あ、そうだ。そもそも俺が着替え……んん？

なんか今、ひやっとするオーラが刺さったような。気のせいか……いや待て。俺の家の中での危険センサーは敏感だ。なぜなら、うちで俺に危害を加える存在は一人しかいない。そのオーラを間違うはずがない。

具体的に言うと、いつの間にか二つ向こうの部屋のドアが開いていて、そこからいかにも寝たばっかりなのを叩き起こされましたって感じの胡乱な瞳が覗いている。

夜勤明けの咲姉さんが、地の底から響くような怒声を上げる。

「……愚弟。あんた、日葵ちゃんを送り出すのが惜しいからって、人道に背くようなことをしていいと思ってるわけ？」

「ま、待って。咲姉さん、誤解誤解。マジで誤解だから……」

……って言ってみたところで、パンツ一丁で日葵を半泣きさせてる事実は変わらない。俺は諦めると、部屋から飛び出してきた咲姉さんに大人しく制裁されるのだった。

朝からベタベタなラブコメをしてしまった……。

真木島のやつに知られたら「やはりラッキースケベ主人公であったかナハハハ」とからかわれるに違いない。いや待て。ラッキースケベなら普通は逆じゃね？？

とにかく俺は着替えると、日葵と一緒に自転車で学校に向かった。俺が自転車を押して、日葵は自転車の後輪にまたがるやつだ。

「んふふー。この悠宇の頭を見下ろすのも最後かなー？　そう考えると、ちょっと感慨深いよなー？」

「暑っつい、マジで暑っつい。くっつくな！」

この炎天下、日葵は相変わらずべたべたと身体を押しつけてくる。

ぺんぺんぺんと俺の肩をリズムよく叩きながら、日葵は楽しげに茶化してきた。

「アタシがいない間、浮気すんなよー」

「浮気て。その前に、おまえと付き合ってるわけじゃないですけど？」

「えー？　だって悠宇、アタシのこと好きすぎじゃーん。えのっちみたいな可愛い子からアピられてんのに付き合わないの絶対おかしいって」

「うぐっ……」

俺はため息をついた。

こんな状況になってまで、こうやってからかわれるのだ。正直かなりウザいんだけど、それでも好きな子からされると楽しいってなっちゃうのは我ながら本当に情けない。

……とか思っていると、最後のキメがこないのに気づいた。

「日葵。今日はぷはらねぇの？」

「…………」

いつもなら、ここで「なーんちゃって！」って言って、顔を赤くした俺をからかうところだ。

「ぷっはーっ。ほんとにアタシのこと意識しちゃったー？」って感じ。

でも、日葵は冗談にはしなかった。

「アタシたち、今、人生の岐路に立ってる感じするよなー」

「…………」

俺が返事をしなくても、日葵は続ける。

元々そんなものは期待していないようだった。

「アタシが芸能事務所に入って有名になれば、悠宇のアクセの宣伝力が高くなるじゃん？　結果として、アタシたちの夢は叶うよね。死ぬまでお店続けられるよ」

「……そうかもな」

それは、確かにそうだ。

中学のときの文化祭みたいな……いや、日葵だったら、もっと大きな何者かになれるはずだ。

そうすれば、俺たちの夢にはこれ以上ない武器になる。

……何より俺の夢が途中でなくなったとしても、日葵は日葵だけで人生を勝っていけるようになるだろう。日葵が『一人では何もできない』なんて後ろ向きな理由で、俺たちの夢に向かうのは、正直、見たくない。

「で、アタシがお祖父ちゃんに土下座してお金貸してもらって、紅葉さんへの負債を帳消しにするじゃん。そうすると、アタシたちは高校生らしいラブラブでエロエロな青春を謳歌できるって寸法ですよ」

「言い方。言い方がヒドすぎんだけど」

てか、こういう身体をくっつけてるときに際どいこと言うのマジでやめてほしい。言葉にしていなくても、俺の気持ちはすでに知っているはずだ。マジで生殺しっていうか、健全な男子高校生にはきついものがある。

でも日葵はお構いなしに、ここぞとばかりに攻撃をしてくる。

「悠宇さ。今、えっちなこと考えたでしょー？」

「そういうのやめろって言ってんだろ……」

いや、正直なところ考えたけどね？　てか、好きな子からそんなこと言われて意識しない男子のほうが嘘じゃん。俺、別に性欲ないわけじゃないし。

俺の熱くなったほっぺたを、日葵が愉快そうにペシペシ叩く。

「どっちにもデメリットはあると思うんだけど、この際はメリットだけ見とこーよ。だって、そのリターンをゲットするために頑張るわけだしさー」

「……異議なし」

日葵は後輪軸に足を乗せたまま、後ろから俺の頰を両手で包むようにする。

俺が立ち止まると、くいっと顔を上向けられた。背が低いはずの日葵の顔が、俺を覗き込んでいる形だ。夏の青空。燦々と輝く太陽をバックにして、日葵のマリンブルーの瞳がじっと見据えていた。


「未来の夢と、今の恋……アタシたち、どっちのために生きるべきなのかな？」


いつもと同じ通学路。

夏休みの午前中、他に人はいない。

遠く国道を走る車の地鳴りだけが、鈍く耳を打っていた。

聞き間違えるはずのない距離だ。後でナシってことにはできない。俺はゆっくりと息を吸って、正直に告げた。

「日葵。五月、おまえと喧嘩したときに言ったこと覚えてるか？　俺は、日葵が夢を諦めてくれるって言うなら、俺も夢を諦めて――」

「やっぱり、悠宇はお花アクセを捨てられないもんなー」

日葵のために生きると言いかけたのを、日葵の声が遮った。

「え？　いや、俺は……」

「悠宇は！　アクセ作るのが生きがいだもんなーっ！」

至近距離でキンキンと叫びながら、俺の頰から両手を離した。

俺は振り返ろうとして……できなかった。それよりも早く、日葵が後ろから首に両腕を回してくる。俺は後頭部に、日葵の呼吸を感じていた。

震える声で、日葵は言った。

「お願い。アタシは、アクセ作ってる悠宇じゃなきゃやだ……」

「………」

夏の太陽が、俺たちの肌をチリチリと焦がしていた。

アスファルトから昇る熱気で、このまま俺たちを焼き尽くしてくれればいいのに。こんなに熱いのに、日葵の頰を伝う涙は乾くことなく俺の首筋を濡らしていた。

この世は矛盾ばっかりだ。

俺たちの手は二本あるのに、なんでたった一つしか摑んでいられないのか。

何かを一つしか選べないのなら――きっと未来に手を伸ばすのが正しいんだって、俺たちはずっと走ってきた。

それは、これからも同じだ。

そのためには別々の道を選ばなきゃいけないなんて、くそみたいな矛盾も飲み込むよ。たとえこの手が離れたとしても、これからも俺たちは二人で走り続けるんだ。

この道のずっと先で、また会えるから。

そのとき俺たちの恋が変わり果てていようとも、きっと親友として笑い合えるって信じてる。


さよなら。俺たちの恋。

どうか元気で。

♡♡♡

ゆーくんとお姉ちゃんの勝負から二日後。

お昼過ぎに、わたし——榎本凜音は目を覚ました。

うちの洋菓子店は、店舗と住居が一緒になっているタイプの建物だ。

通りから見て裏側のほうに、わたしの部屋がある。ただ裏側って言っても、日当たりはすごくいい。カーテンを開けると、そこには一面の墓地が広がっているから。

ずらっと並んだ墓石に、燦々と照り付ける太陽が反射して真昼のイルミネーションみたいだった。

「……今日も暑そう」

その気温にうんざりして、カーテンを閉めた。

大きなあくびをしながら着替えをする。胸の谷間と、下のほうの汗を丁寧にタオルで拭う。

あーやだやだ。ほんと夏って嫌い。汗はたまるし、男子たちの視線は気になるし。一年間、ずっと冬だったらいいのに。

今日、どうしよっかな。

せっかく吹奏楽部の練習がお休みなのに、ゆーくんのところ行きづらい。わたしはため息をついて、その元凶たるお姉ちゃんの部屋に向かった。

「お姉ちゃん。家に帰ってるときくらい、お店のほう手伝っ……あっ！」

ベッドは空っぽだった。

腕を繋いでいたはずの鎖は抜けられて、空しく転がっていた。荷物も消えているから、たぶんどこかに逃げたんだ。

「……ぐぬぬぬ」

ようやく捕まえたと思ったのに。

わたしは階段を下りて、洋菓子店のほうに回った。裏口から覗くと、午前中の仕事を終えたお母さんがパートさんと一緒にご飯を食べている。

わたしに気づくと、お母さんが振り返った。

「あら、凛音。今日はお休みでいいのよ？」

「……お姉ちゃんがいないんだけど」

「あらあら、せっかく帰ってきたのに。あの子ったら、本当に落ち着きがないわねえ」

「…………」

わざとらしい。

お母さんは、ほんとにお姉ちゃんに甘い。どうせ逃げるのもわかって放置してたんだ。昨日だって、全然叱ってくれないし。

ついため息がでてしまった。

「どうするの？　お姉ちゃんが東京で結婚とかしちゃったら、もう絶対に帰ってこないよ」

「そのときは、そのときよ。あの子が幸せなら、それでいいじゃない」

「……逆に失業して一文無しになるかも。それから帰ってこられても困るじゃん」

「そのときは、凛音が上に立ってお姉ちゃんをこき使ってやればいいのよ～」

「…………」

なるほど、その手があったか。

うんうんうなずいていると、お母さんがテーブルの上にある紙袋を差しだしてきた。……羽田空港のマークがついてる。

「凛音。紅葉がお土産買ってきてくれたから、裏の真木島さんとこに持っていって頂戴」

「えー……。わたし、今日お休みなのに……」

「凛音だって、この前美味しい和菓子頂いたでしょ？」

「……はーい」

ちぇー。

わたしは紙袋を持つと、裏口からでた。

……うちの洋菓子店の裏に広がる、とっても広い墓地。そこを横断していき、先にあるお寺に到着した。その隣にある立派な家屋が、しーくんのお家だ。

えーっと。この時間はおばさんがいると思うんだけど……。

「……っ。……っ！」

「ん？」

自宅部分の裏から声がした。

回り込んだ先に、しーくん専用のテニスコートがある。そこでしーくんが、一人でサーブの練習をしていた。ネットに向かって、ボールをボコボコ打ちまくっている。

「ナーハッハッハ！　やはりオレの仕込みは完璧だったな！　これはあの胸糞悪い完璧超人でもどうすることもできまい！　最高の気分だっ!!」

「…………」

この人、一人で喋ってる……。

なんか気持ち悪いくらいテンションが高い。まるで悪戯が成功した小学生みたい。……こういうときのしーくん、ほんとにロクなことしてないから困る。

「珍しいね。今日は女の子と遊びにいってないんだ？」

「ああ？　……なんだ、リンちゃんか。また兄貴のお小言かと思った」

しーくんは練習を中断すると、タオルで汗を拭った。ポカリを飲みながら、扇子でパタパタ扇いでいる。

「部活の練習は？」

「行く気にならんのでな」

「総体で負けたのにサボっていいの？」

「人が機嫌いいときに水を差すものではない。さっさと用件を言って帰りたまえ」

紙袋を差し出すと、しーくんは「ああ、紅葉さんの土産か」と察した。

「わかった。後で兄貴とお袋に渡して……ん？」

紙袋を渡すふりをして、ぐいーっと引っ張る。しーくんがたたらを踏んで、わたしをじっと睨んだ。

「なんだ？　リンちゃん、何か言いたいことがあるならはっきり言いたまえ」

「…………」

紙袋を離すと、しーくんが今度は向こう側に転げそうになった。

「お姉ちゃんが、ひーちゃんを連れていこうとしてる」

「そのようだな。あの人は、日葵ちゃんをえらく気に入っておるからなァ。いずれ自分の事務所の看板にでもするつもりなのであろう」

こっちを扇子でパタパタ扇いでくる。

「うわ、もう。髪が乱れる。やめてってば……」

「ナハハ。リンちゃんにはチャンスであろう？　恋敵が勝手に大いなる力によって排除されるのだ」

「そんなのフェアじゃないよ」

「まだそんな甘っちょろいことを言っておるのか？　先に抜け駆けしたのは日葵ちゃんのほうだ。気にする必要はあるまい？」

「それはそうだけど……」

ひーちゃんのこと、怒ってはいる。

ただ、絶対にゆーくんのこと好きなんだろうなって思ってたから。どっちかっていうと、ようやっと白状したかって感じのほうが強い。

ただ、現状はちょっと面倒だ。

「しーくん。どうにかしてよ」

「無理だ。日葵ちゃんが自ら進んで東京に行く以上、雲雀さんでも止められまい。これまでオレがあの二人の仲をかき乱してきたのも、すべてはこの流れに持っていくためだ。まあ、こんなに美しくハマるとは思わなかったがな」

　しーくんは鼻で笑った。

「それに、お断りだ。オレはリンちゃんを勝たせるためにアレコレと世話を焼いていたのだ。前回はともかく、今回ばかりは絶対に助けてやるものか」

　そう言って、再びテニスラケットを手にした。

　ボールをトントンとバウンドさせて、サーブのためにまっすぐ舞い上げた。ラケットを構えるしーくんに、ぼそっと告げる。

「お姉ちゃんに勝てたら、しーくんのこと認めてくれるかもよ？」

「……っ」

　しーくんの身体が、ぎくっと止まる。

　舞い上がったボールが、コツンと額に当たった。……痛そう。

　額を押さえながら振り返ったしーくんは、予想通り青筋を立てていた。

「リンちゃん。オレを怒らせたいのか？　そうなのだな？」

「怒ってもいいよ？　わたしのほうが喧嘩強いし」

「ぬぐっ……」

　両手をシュバッと構える。

　飛び掛かってきそうな感じだったしーくんは動きを止めた。

れてたもん」

「テニスは好きだけど、全国優勝を目指しているのはお姉ちゃんに『雲雀さんより上だ』って認めさせるためだもんね？　勉強でもスポーツでも、昔っから雲雀さんに勝てなくてしょぼくれてたもん」

「いいか、リンちゃん？　それ以上は何も言うな？　お土産はありがたく受け取っておく。練習の邪魔だから、さっさと帰り……」

「元々ゆーくんに近づいたのも、雲雀さんのお気に入りだって知ってたからでしょ？　ゆーくんを誑し込めば悔しがるだろうって思ってたくせに、普通に友だちになっちゃってさ。とんだミイラ取りだね。他にも……」

「ああ！　わかった、わかった！　ナハハッ、そうだな。あの悪女のことなんて、今さら、本当に、どうとも思っていないが⁉　オレが反抗できないと思い込んでいる紅葉さんに、一泡吹かせるのも悪くない！」

しーくんは扇子を広げてバタバタ扇ぎながら、やけくそって感じで叫んだ。それを閉じて、わたしの鼻先に突きつける。

「いいのか、リンちゃん？　ここで日葵ちゃんに手を貸すということは、みすみす勝利を譲るようなものだぞ？」

「いいよ。だって、こんなのわたしの欲しい勝ちじゃないもん」

「理解できんなァ。目的さえ達成できれば、過程などどうでもよいではないか？」

「大事なのは過程だよ。過程さえうまくできれば、結果はついてくる。ひーちゃんがアクセショップの夢にこだわるのと一緒」

「頑固者め。本当にあの悪女にそっくりだな。だが、ここまで苦労して組み立てたプランをぶち壊すのだ。金輪際、オレはリンちゃんの味方はしない。それでいいな？」

「いいよ。あのときのお返しは、もう十分してもらったし」

そうして、にこっと笑って見せた。

「今はひーちゃんに譲ってあげる。最後に勝つのはわたし」

「…………」

しーくんは愉快そうに笑って、扇子で手のひらを叩いた。

「まったく。このメンタルお化けと一生競い続けなければならない日葵ちゃんに、ちょっとだけ同情を覚えるよ」

日葵の決別宣言から、一夜が明けた。

俺は学校で花壇に水をやっていた。それが終わると、倉庫脇に積んだ肥料の上に座ってぼんやりする。このソロプレイが卒業まで続くのかと思うと、それだけで死にそうだ。

いや、卒業どころか、下手したら店を持つまで……それこそ死ぬまで、ずっと続くかもしれない。店を持てたって、日葵がこの町に戻ってきてくれる保証はない。紅葉さんのように、拠点を東京に置くかもしれないし。

店をだせても、俺はその状況でやれるのか？

ああ――っ！

くそ、どうしても悪い方向にばかり考えてしまう。大丈夫、大丈夫。日葵のことは信じてるし、俺も頑張れる。てか、俺からアクセを取り上げて何が残るって話だよ。中学までも一人でやれてたんだし、ほんの十年か二十年くらい余裕だって。

十年か二十年……そんなに長い間、日葵のいないつまらない日常を過ごすのか。

これまで、俺たちは自由だった。

自由だから親友でいられたのだとしたら？

いくら友だちって言っても、相手への配慮は必要だろ。これまで以上の責任とか制約がある中で、これまで通りの親友でいられるのか？

……いや、無理だろ。

仕事相手と恋人になったら破綻するって聞くけど、マジでその通りだな。この歳で理解できるとは僥倖です。……我ながら難しい言葉を知っていたものだ。

とかうなだれていると、向こうから声がした。

「ナハハ。朝から陰気臭いオーラを放ってるやつがいると思ったら」

「……真木島さん。おはざーす」

いつものチャラ男が、へらへら笑いながら近づいてきた。……あれ？　私服？　てっきり部活かと思ったんだけど。

俺が不思議に思っていると、真木島は肩をすくめた。

「いつもの稚拙な皮肉もナシか。まあ、従順なほうが躾けやすいからよいがな」

「おまえ、まだ榎本さんと付き合わせて義弟にする計画やってんの……？」

「それはもうナシだ。クライアントにクビにされた」

「何それ？　榎本さんと喧嘩でもした？」

まあ、もうどうでもいいけど。

真木島は自然な仕草で、隣の肥料の山に腰掛ける。

「朝の水やりは、日葵ちゃんの役目ではなかったのか？」

「……今日から東京行くから、その準備があるってさ」

事務所に挨拶ついでに、紅葉さんの仕事とかも見てくるらしい。俺がぼうっと突っ立ってる間にも、日葵は着々と前に進んでいく。

「それでよいのか？」

「いいも何も、日葵がそう決めたんだからしょうがねえだろ」

「いつの列車だ？」

「昼頃としか」

「なら、まだ時間はあるな。オレと語ろう」

「いや、なんでだよ。おまえ、さっさと部活の練習行けよ」

「よいではないか。どうせナツも東京に行くのだろう？　オレとは会うこともなくなるだろうし、最後に男同士の思い出を作ろう」

「俺が東京に？　なんで？」

「おや、違うのか？　五月のときは、あんなに息巻いて日葵ちゃんについていくと言っていたではないか。一度はアクセを捨てる覚悟をしたのだ。二度も三度も変わるまい？」

「…………」

俺が黙ったのを見て、愉快そうに口角を上げる。

「どうせ女に惚れただけで捨てられるような情熱なら、最初からないのと同じではないか？」

「……っ⁉」

とっさに立ち上がって、真木島のシャツの襟を掴んだ。

「そもそも、おまえが変なことばっかり仕掛けてきたからこうなってんだろ……っ！」

「…………」

真木島は、フッと笑った。

扇子の先で、ツンと俺の額を突く。

「それだよ。それが見たかった。そのいい子ちゃん顔が崩れて、化けの皮が剥がれるところだ。雲雀さんでも、ナツから嫌われるという経験はしたことあるまい。あの鼻につく完璧超人からとうとうワンセット獲ったな。ナハハ」

「…………」

言ってることは意味わからなかったけど、馬鹿にされているのはわかった。ぶん殴ってやろうかと思っていると、それを見透かすように真木島が言う。

「いいぞ。前にも言った通り、ナツはオレを殴る権利がある。やりたまえ」

「……っ」

反射的に、腕に力がこもる。

でも……結局は冷静な部分が言うのだ。「全部、俺の自業自得だろ？」と。

「……五月のときとは、状況が違う」

「何が違うのだ？」

「日葵は、俺のアクセのために事務所に入るって言ってるんだ。それを俺が止められるわけないだろ」

真木島の襟を離した。

真木島は「なんだ、つまらん」と言ってしわを伸ばした。

「だからバカだと言うのだ。以前、ここでナツには言ったはずだ。誰が一番か考えろ、とな。それは人間だけじゃない。夢と女を天秤にかけることも時には必要だ」

それから扇子を広げると、パタパタと仰いだ。

「女のために生きればよいではないか。何も店をだすだけが、フラワーアクセを作る手段ではない。普通に仕事をし、休日は趣味に没頭し、そして好きな女と子を作り家庭を築く。普通に幸せになれ。それが案外、難しいものだぞ。……うちの兄貴の受け売りだがな」

俺が黙っていると、真木島は嘲笑する。

その「全部わかってるぞ」という態度にイラついた。

「捨てきれないか？　そうだろう、そうだろう。一度、捨てる覚悟をした。だ、だからといって、に、二度めができるとは限らない」

「ど、どういう意味……」

「わかりやすく言おうか？　たとえば一度、バンジージャンプを経験するであろう？　普通は繰り返すごとに慣れるものだが、そうではないやつもいる。高所からの落下がトラウマになり、むしろ一度目以上に遠ざけるようになるやつもいるということだ」

扇子の扇面で、俺の頬をなでるようにする
「五月のあのとき、ナツは初めて情熱を捨てる覚悟をした。その際に、情熱を捨てた後の人生というものをリアルにイ、い、い、い、い、イメージしてしまった。そうすると、自分の拠り所を捨てることがどれだけリスキーなことか理解してしまったのだ」

その言葉に、どくんっと心臓が跳ねた。

俺の態度に、真木島は大層満足した様子だ。

「これまでおまえの情熱を認めずに蔑んできた連中の中で、再び生活することが怖いのであろう？」

俺の顔を覗き込むようにすると、にまあッと笑った。

「高校卒業と同時に工房を構えて、本格的にフラワーアクセの販売に移る。そして資金が溜まり次第、店を持つ。一見すれば大きな夢のようだが、その実、社会に出ずに生きたいという甘ったれた我儘の裏返しだ。もう傷つきたくない。中学時代に戻りたくない。だから日葵ちゃんが傍にいてほしい。ナツを外界から守ってくれる相手として、日葵ちゃんはこれ以上ないほどの逸材だ。自分の情熱も受け入れてくれるし、世間の逆風にも対応できる」

そして、真木島はトドメとばかりに口にする。

「はっきり言おう。ナツの日葵ちゃんへの気持ちは、自分を保護してくれる相手への媚びだ。日葵ちゃんが親友を求めた二年間は親友を演じ、五月からは恋を求められたから恋で応じただけのこと。おまえは所詮、自分が一番可愛くてしょうがないのだよ」

その言葉に、身体の底から熱い感情が沸き上がる。

真木島が何を知ってる？ 俺たちの何を知ってるっていうんだ？

俺の根性ナシを馬鹿にするのはいい。でも、この気持ちだけはダメだ。

「違う！　俺は日葵のことが――……ぐっ⁉」

その瞬間、頬に鋭い痛みが走った。

真木島が扇子を畳み、俺の頬を張ったのだ。逆に俺の襟を掴むと、ぐっと引き寄せて鼻先で怒鳴った。

「違うなら、グダグダ言ってねえでさっさと行け‼」

俺は押し黙った。

真木島がこんなに感情をあらわに怒鳴るところは本当に始めて見た。あんなに練習してた部活の大会で負けたときも……こいつはへらへら笑って弱みを見せないやつだったから。

「言葉に惑わされるな。今回のことで学んだのだろう？　雲雀さんといえど絶対ではない。実の姉であろうと味方とは限らない。そして日葵ちゃんといえど、心を殺して親友に徹することはできない。所詮、言葉とは他人を動かすための道具でしかないのだ」

「た、他人を動かす道具……？」

「そうだ。言葉に真理は宿らない。偽らない言葉などありえない。大事なのは……」

扇子の先で、トントンと俺の左胸を叩く。

「心は移ろいやすく、流されやすい。すべて理屈で片付くというなら、こんなに楽なことはない。しかし迷うからこそ、深まるものだ。選択を迫られたなら、自分の感情に従え。やってみてダメだったら、そのとき考えればよいのだよ。夢を追うとはそういうものではないか？」

そう言って、俺の襟を離した。その勢いに押されて、俺は尻もちをつく。そんな俺に背を向けて、真木島は去ろうとした。……でも、途中で立ち止まった。

何かを迷っている感じだった。小さくため息をつくと、振り返ってじろりと睨む。

「オレが紅葉さんに告白したのは、中学に上がったころだった。当時、紅葉さんは大学生だったが……それでも本気だったよ。あれほど誰かを好きになったことはこれまで一度もない。でも、その頃にはすでに雲雀さんがいた」

真木島は扇子の先で、自分の頭をぽりぽりと掻いた。

それから小声で「ま、何が言いたいかというとだな……」とつぶやくと、俺に向かって悲しそうに笑った。

「ずっと二番しか手に入らん人生というのは、けっこうしんどいものだぞ」

そう言って、今度こそ手を振って行ってしまった。

俺は呆気にとられながらも、最後の一言だけはいつまでも耳に残っていた。

裏で仕掛けたり、俺を焚き付けたり。あいつは本当に、何がしたいのかよくわかんねえよ。

……でも、嘘だけはつかない。そのことは、よく知っているんだ。

◇◇◇

必ず結ばれる相手を運命の赤い糸が繋ぐというなら。

絶対に結ばれない相手を繋ぐ糸っていうのは何色なのかな。

そんなもの存在しない？

いや、あるでしょ。

アタシと悠宇みたいに強く繋がっているはずなのに、絶対に結ばれない相手を繋ぐ糸。

きっと、すごく意地の悪い色。

ダサい色。

誰も見向きもしないから、余計にくすんで心が汚くなっていく。

きっと、今のアタシの目の色みたいな、そんな色……。

昼前に駅前へ到着した。死ぬほどテンション低いけど、今日も太陽は眩しい……。

紅葉さんはすでに待っていた。大きなキャリーバックを持っている。アタシがタクシーから降りると、すぐに気づいて手を振った。

挨拶の代わりに、紅葉さんはぶ～っと頬を膨らませた。

「ちょっとは有名になったつもりだけど～、誰も気づいてくれないのも寂しいよね～」

「こんな田舎に、現役の人気モデルがいるって思う人いないよ……」

アタシの至極まっとうなツッコみに、紅葉さんは嬉しそうに笑った。

「日葵ちゃん。その気になってくれてありがとね～♪」

「……夢のためだから」

そう、夢のため。

アタシは東京に行く。紅葉さんの事務所に入って、頑張って人気者になる。そして三年前の約束を果たして、悠宇のアクセをたくさん売るんだ。

……それが、アタシの我儘にずっと付き合ってくれた悠宇への恩返しだから。

「じゃ、わたし切符買ってくるね～。荷物見ててくれるかな～？」

「あ、うん……」

紅葉さんが、足取り軽く切符売り場に向かった。

アタシは手持ち無沙汰で、ぼんやりとしていた。スタバのガラスに、アタシの姿が映っている。こんなに心は死んでるのに、お洒落だけはきっちり決めてて笑う。

チョーカーのない首元が気持ち悪い。自分のものじゃないみたいな感覚。

日焼け痕を、そっと指でなぞった。なんか雑誌の付録のキリトリセンみたいだなって思ってしまった。

不思議だな。心と体が裏腹だ。

だって、そうでしょ？

紅葉さんは、アタシが可愛いのは才能だって言った。

そんな風に言ってもらえて、嬉しかったよ。

アタシはいつもおねだり上手なだけで、自分では何もできないって思ってた。だから可愛いだけでも頑張れば何者かになれるって言われて、ちょっとだけ心が動かされたのはほんと。

でも、同時に思った。

何者かになるのと引き換えに、一番大事なものは手に入らないんだなって。

何者かになれる人間になんてなりたくなかった。

世界一可愛いアタシもいらない。この妖精みたいって言われる瞳の色もいらない。お家のお金もいらない。甘やかしてくれる家族や友人もいらない。

ただ、悠宇に愛されてもいい人間に生まれたかった。

アタシは運が悪い。

でも、それは全部アタシの業だ。これまで自分勝手にやってきたのが、この一回で清算されるんならむしろ運がいいほうかな。アハハ……。

バカなこと考えてたら、一筋だけ涙が流れた。

さすがアタシ。泣いてる顔も可愛いなー。

……とか思ったら、背後ににゅっと人影が現れた。

「ひーちゃん。こんにちは」

「っ⁉」

いつの間にか、ガラスに映るアタシの背後にえのっちがいた。忍者か。

慌てて目元を拭って、いつもの明るい笑顔で迎えた。

「え、えのっち。どしたのー？　もしかして見送りにきてくれたのかなー？　んふふー、さすが優しいよなー。誰かさんとか親友面してるくせに会いにもこないし。てかライン無視ってありえなくない？　あ、そうだ。えのっちヨーグルッペ飲まない？　暑いからたくさん持ってきたんだけど、さすがに重くてなー」

口だけがべらべら動いた。

余計なことを考えたくなかった。口が止まったら、変なことを言っちゃいそうな気がするから。アタシはバッグからヨーグルッペを三個くらい取りだすと、えのっちに差し出した。

えのっちは受け取らずに、可愛く小首をかしげる。

「ひーちゃん。見送りじゃないよ？」

「え？」

そして聞き返した瞬間……なんか、背筋が寒くなった。

「お礼、言いにきたの」

「……お礼？　どゆこと？」

えのっちが笑顔を浮かべていた。

すごく優しい笑顔。感謝の笑顔。アタシが嫌々東京に行くってわかってるのに、すごく嬉しそうに笑っていた。

アタシは、察した。

「ひーちゃん。勝手に負けてくれてありがとう」

「…………」

ヨーグルッペが足元に落ちた。

アタシは震える唇を、表情筋を、必死に動かした。

「あ、アハハー。あ、さてはアタシが勝手に悠宇にちゅーしたの怒ってんなー？　あんなの友だちとしての親愛の行動だってさー。なんなら、今からえのっちにもしちゃおっかなー？　ほれ、んー♪」

「…………」

えのっちの目は冷ややかだった。

「この期に及んで、まだいい子になりたいの？」

「……っ⁉」

アタシはぎくっと固まる。

えのっちは肩をすくめると、ヨーグルッペを拾った。その一本にストローを刺してちゅーっと飲むと、嘲るように「へっ」と笑う。

「もうひーちゃんの気持ちはバレバレだし。そんなことしても意味ないよ」

そしてちらっと、スタバのガラスを見つめた。さっきまでアタシの泣き顔が映っていたガラスに何かを見ていた。

「自分の気持ちに嘘ついてまで、夢を叶えるのって大事なこと？」

その一言に、アタシは反射的に言い返した。

「だ、大事だよ！」

「なんで？」

「なんでって……悠宇がこれまで頑張ってきたの、えのっちだって知ってるじゃん！」

「それは知ってる。でも、ひーちゃんが嫌なことしてまでやる必要ないじゃん」

「…………」

アタシはぎゅっと拳を握った。

「い、嫌じゃない。悠宇のためだったらやれる」

「やれる？　やりたい、じゃなくて？」

揚げ足取りに、アタシはカッとなった。

「紅葉さんからのスカウトは、絶対にアタシたちの武器になるよ！　芸能事務所に入るなんて自分からやりたくてもできない人たくさんいるんだし、むしろ運がいい！　てか、そんなにアタシが行くのに反対なら、えのっちが代わりに行ってよ！」

一息に叫んで、ぜえぜえと荒い息をする。

自分の大人げなさに嫌気がさした。行くわけない。えのっちだって、悠宇のこと大好きなんだし。そんな当たり前のことを引き合いに出して、自分を正当化しようとするセコさがほんとに嫌いだった。えのっちの顔を見れなくて、じっと足元を睨んでいた。

でも、えのっちはあっさりと言った。

「いいよ」

アタシが顔を上げると、はっきりとうなずく。

「わたしが行く」

「え……」

アタシが呆けていると、えのっちはスタバのガラスに映った自分に目を向ける。

「わたしも可愛いし。ひーちゃんほどじゃなくても、頑張ればどうにかなるよね。お姉ちゃんに頭を下げるのはほんとに癪だけど、ゆーくんとひーちゃんのためならやる」

「え、いや……えのっち？」

本気みたいだった。その表情には迷いがない。そりゃアタシにとっては、降って湧いたような幸運だ。

（悠宇と離れることになるんだよ？）

ほんとにいいの？　七年も想ってた初恋なんでしょ？

でも、振り返ったえのっちは、アタシの予想しないことを言った。

「その代わりに、ゆーくんを頂戴？」

その言葉に、アタシは固まった。

えのっちはそっと、耳元で囁くように繰り返す。

「アクセショップを開くまでは、ひーちゃんにあげる。でもわたしが帰ってきたら、わたしに頂戴。いいよね？」

「…………」

えのっちのさらっとした黒髪が、アタシの頬をなでる。

まったく変わらない口調で、アタシに小指を差しだした。

「約束しよ」

指きりげんまん。

嘘ついたら針千本……え、いやいや。冗談、だよね？

アタシが呆けていると、えのっちが首をかしげる。

「どうしたの？」

「い、いや、えっと、それは……」

口ごもっていると、えのっちは明るい声で言った。

「ダメ？　なんで？　ゆーくんとは親友でいいじゃん。元々そういう約束だったんでしょ？　大丈夫だよ。ゆーくんみたいな優しい人、ひーちゃんならまた見つけられるから」

「…………」

手が震えた。

違うよ。

アタシが悠宇を見つけたんじゃないよ。

アタシが悠宇に見つけてもらったんだよ。

また、はないんだよ。

悠宇のことを想って、こんなに頭がふわふわ浮つくのは今だけ。

えのっちに嫉妬して、こんなに胸がビリビリ痺れるのは今だけ。

ちょっとうまくやれないだけで、こんなにえぐられるような痛みに泣くのも今だけ。

もう一度、こんなに自分がぐちゃぐちゃになるような恋があるとは思えない。あっていいはずがない。

アタシは卑怯者だよ。

自分の気持ちを隠して、えのっちを応援するふりをして、その裏でしれっとキスとかしちゃう悪い女だよ。

でも卑怯でもいいから勝ちたいって焦がれることは、これまで一度だってなかった。

アタシの恋は罪だ。

悠宇の夢を壊して、えのっちを傷つけて、紅葉さんを怒らせて――色んな人に迷惑かけてるって後ろ指さされても、この罪だけは手放したくない。

そう思った瞬間――アタシはえのっちの手を叩き落としていた。

歯がカチカチと鳴る。

怖いよ。絶対に怒られるよ。

また嫌われる。せっかくまた仲良くなれたのに、アタシのせいで……。

「……ほら、やっぱり無理してるじゃん」

でも、えのっちは微笑んでいた。

「ひーちゃん。昔からそうだよね。自分の欲しいものがあると、ぜーんぶ取ってっちゃう。お人形も、キーホルダーも。……わたしのお姉ちゃんも」

そう言って、アタシの手を握る。

「でも一番欲しいものは、なんでか素直に言えないんだよね」

その目は優しかった。

あ、ハメられた。そう悟ったときには遅かった。せっかくバレないように取り繕ってた気持ちが、ついに限界を迎えた。

心に亀裂が走り、その隙間から本音が噴きだす。

えのっちの服の袖を掴むと、アタシはつい泣いていた。

「やだよ……行きたくないよ！」

「うんうん。そうだよね」

「でもアタシのせいだし、アタシが何とかしなきゃって。それに、アタシがいても悠宇のためにならないかもって……」

「まあ、わたしもひーちゃんが残るのはためにならないと思うけどね。自分でルール作っといて、勝手に我慢できなくなってみんなを巻き込むし」

「あーっ！　今のは絶対に慰めるところでしょ！」

「わたし、ひーちゃんのそういうところ本気で嫌い」

「ちょーっ!?　えのっち、アタシにトドメ刺したいわけ!?」

う～っとえのっちの豊かなおっぱいに顔を埋める。

えのっちはお姉ちゃんみたいな感じでよしよしと頭をなでて、諭すように言った。

「前から思ってたんだけど。ゆーくんとひーちゃん、なんでか『最高の形で夢を叶える』ってことにすごくこだわってるよね」

「……どういうこと？」

「うちの洋菓子店の話だけど。お母さん、最初はお菓子作りが趣味で、たまにご近所さんに配ってたんだよね。それが高じてケーキの販売とか始めたんだけど、あんな立派な店を持てたのもつい最近のことなんだよ。わたしたちが中学生に上がるくらいの頃だったっけ？」

そう言って、アタシのほっぺたを両手で挟んでモニモニ揉み始めた。……なんかお菓子の生地こねられてる感じ。

「なんていうか、未来のことばっかり見てても足元がグラグラしてたら疲れちゃうよね。大きな店から始めなきゃいけないってわけじゃないし、ひーちゃんが何者かになる必要もないと思う。アクセショップに失敗して閉店しても、それで人生が終わりってわけでもないし。そのときは、二人でうちの店で働きなよ。三人でやれば楽しいよ？」

「……でも悠宇にとっては大事じゃん」

「そうかなあ。ゆーくんにとって大事なことって、アクセショップを開くことなのかな。それとも、ひーちゃんと一緒にアクセショップを開くことなのかな」

「え……？」

えのっちの視線が、横のほうを向いていた。

◇◇◇

その視線を追うと、悠宇がいた。自転車を飛ばしてきたらしく、ぜえぜえと荒い息を繰り返している。脇で支える自転車がガシャンと倒れた。

「日葵っ！」

「悠宇……？」

なんで？

てっきり、今日はもうこないのかと思ってた。

「ど、どうしたの？　もしかして見送りに——」

「やっぱり、行かないでくれ！」

悠宇がふらつきながら歩いてくる。

知らず、えのっちと握るアタシの手に力がこもった。

「夢か恋かなんて、俺には選べない。どっちが正しいかなんて、やってみなきゃわかんねえしさ。それに、そんな大きなこと聞かれてすぐに答えだせるような性格じゃない。でも、おまえが本心で東京行きたいって思ってないことはわかる」

「でもアタシが悠宇のためにやれることなんて、このくらいしかないし……」

「そんなことない！　てか、俺は日葵にそんなこと求めてない！　俺のためにアクセ売ってくれるから一緒にいるとか、そんなの違うだろ！」

悠宇は悔しそうに唇を噛んだ。

「そうだよ。思えばさ、俺たちは最初から間違ってた。そもそも親友ってそんなもんじゃないだろ。一緒にいるためには何かしてやらなきゃいけないとか、なんか役目がなきゃ一緒にいちゃいけないとか。本当は、そんな都合のいい相棒が欲しかったわけじゃないのに……」

アタシの両肩をがっしりと掴んだ。その指が、まるでキズを残そうとするかのような痛みを与える。アタシをもう離さないとでもいうような、そんな強い意志を感じた。

「真木島に言われて、思い出したよ。確かに俺は、日葵に嫌われないようにご機嫌取ってたかもしれない。でもそれは、日葵に守ってほしいからじゃない。俺の情熱を理解してくれる相手を失いたくなくて必死だったからだ。俺は最初から、おまえに見ててほしいだけだった」

アタシに向けるまなざし。

あの燃えるような瞳に射抜かれて、アタシの身体が硬直する。

「俺のためっていうなら、自分を犠牲にしようとか思わないでくれ。隣に日葵がいないのに、俺が楽しいって思うはずない。……俺とおまえは、ずっと運命共同体だから」

「………」

何も言えなかった。

ただ胸の奥が熱くて、締めつけられるように苦しくて。

一つだけわかってたのは……あの中学の文化祭。やっぱり悠宇と友だちになろうと思った気持ちは正しかったんだなって。

それだけで、アタシのこれまでの人生が報われるような気がした。

「悠宇。アタシは……」

そうして伸ばした手。

悠宇の頬に触れようとした手が。

脇から伸びた白い手に止められた。

「はい、そこまでだね～♪」

「く、紅葉さんっ……」

紅葉さんは特急列車の切符をひらひらさせながら、悠宇に侮蔑のまなざしを向ける。

「……ゆ～ちゃん。さすがにそれはナイと思うな～。勝負に負けたのは、ゆ～ちゃんも納得してくれたはずだよね～？　それを今さらナシにしてくれっていうのは、ちょっと男らしくないと思うな～♪」

いつもの笑顔。

でも不思議と、その表情は般若みたいにキレてるように見えた。

「紅葉さん！　アタシ、やっぱり行きたくない！」

「うふふっ。わたし、欲しいものは逃がさない主義なんだよね～。日葵ちゃんは、わたしと一緒に世界の舞台を目指そうね～♪」

悠宇が膝をついて、その場で頭を下げた。

「お願いします！　もう一回だけ、チャンスをください！」

「ダメダメ～。そもそもあの一回だって、雲雀くんに免じてチャンスをあげたんだからね～。あんまりしつこいと、男の株が下がっちゃうぞ～♪」

悠宇を侮辱されて、えのっちがムッとして言い返――。

「お姉ちゃん！　ひーちゃんみたいに我儘な子、事務所に迷惑かけるだけだよ！」

「えのっちがヒドい⁉」

押してダメなら引いてみろってこと⁉　さすがだね！　きっと紅葉さんを説得するために言い繕っただけで、決して本心じゃないって信じてるよ‼

アタシたちの必死の訴えにも耳を貸さず、紅葉さんはツーンと唇を尖らせていた。両腕を組んで持ち上げると、威嚇するように巨大なおっぱいを強調してくる。

「そもそも、大事なこと忘れてないかな～？　日葵ちゃんはお金の借りがあるんだよ～。連れていくのをやめてほしければ、まずそれを清算してから訴えるのが筋だよね～？」

「ううっ……!?」

アタシたちがたじろぐと、紅葉さんはニマァッと悪女の顔を見せる。

「でも、できないよね～？　高校生がそんな大金を借りれるわけないし、雲雀くんも絶対に貸してくれないよね～？　いくらゆ～ちゃんに肩入れしてても、お家のお金に手をつけずに夢を叶えるって約束だもんね～？　自分で決めた約束を破る人じゃないもんね～？」

紅葉さんが「さ、わかったでしょ？」とばかりに、アタシの腕を掴んだ。その腕を振り払おうとしても、身体に力が入らない。

（やだ。絶対にやだ……っ！）

どんなにバカにされてもいい。人として終わってるって蔑まれても構わない。それでも悠宇とだけは離れたくない。

悠宇に手を伸ばした。

悠宇もアタシに手を伸ばした。

その手が必死に摑み合った瞬間――。

「なら、オレが払ってやろう」

いけ好かない声が、アタシたちに投げられた。

同時に一瞬だけ、太陽の光が遮られる。上空を大きなとんびのような黒い影が過ったと思ったら……紅葉さんの胸に、大きなボストンバッグがぶつかった。

とっさにそれを受け止めるために、紅葉さんがアタシの手を放した。悠宇が、アタシの腕を引く。悠宇の腕に抱かれて、紅葉さんから距離を取った。

その登場人物に驚かなかったのは、えのっちだけだった。

「……しーくん。遅い」

「さすがに大金だったから、銀行から引きだすのに時間がかかってなァ。それでも即日で持ってくるあたりは、さすがの完璧超人といったところか。ナハハ」

えのっちに窘められながら、真木島くんはひらひら手を振った。

その向こうには、なぜかお兄ちゃんの愛車が停まっている。その運転席から、サングラスをかけたお兄ちゃんが一瞥した。

紅葉さんがそのボストンバッグを開けた。……それには札束が詰まっていたのだ。

「……慎司くん？　どういうことかな～？」

「紅葉さんが言う日葵ちゃんの負債。オレが立て替えよう」

さすがに紅葉さんの顔色が変わる。

真木島くんは扇子を広げると、役者のように声を張り上げた。

「雲雀さんと商談をして借りてきた。あの人は身内にはことさら厳しいが、オレは真っ赤な他人だからなァ。やり方次第では金を引きだすことができるというわけだ」

「……まさか、きみがわたしを裏切るなんてね」

「裏切るも何も、今回はそっちから協力を願い下げたではないか。キープくんは反抗しないとでも、本気で思っていたのか？　案外、ぬるい性格をしておるなァ？」

鋭い視線が交差する。

真木島くんが扇子で口元を隠しながら、不敵に笑った。

「元々、五月の日葵ちゃんの暴走は、オレの責任でもある。そう考えれば、オレが払うことも筋違いではあるまい」

「きみが日葵ちゃんのために、そこまでやってあげる意味がわかんないな～？」

「問題ない。オレにもメリットはある。ナツと日葵ちゃん、そしてリンちゃんの高校生活を、オ、レ、が、こ、の、金、で、買、う、の、だ」

アタシと悠宇が『は？』って感じで見る。

真木島くんは、くつくつといやらしく笑っていた。

「今後、勝手に学校をやめることは許さん。東京に行くことも許さん。在学中にアクセ作りをやめることも許さん。その他にも、色々と約束事を設けさせてもらおう。おまえたちの自由すぎるラブコメ生活に、多少の制約を加えるのも一興かと思ってな？」

「真木島くん。きみ、ほんとに性格悪いね……」

「賞賛の言葉、痛み入るばかりだよ。日葵ちゃんには言ったが、オレは退屈が嫌いなのだ。その点、きみら三人のゴチャゴチャした恋愛騒動にはネタが尽きない。娯楽を提供してもらうのに、金を払うのは当然であろう？」

真木島くんは扇子を閉じた。

その先を紅葉さんの鼻先に突きつけながら、さも愉快そうな表情を浮かべた。

「いい加減、気づけ。この将来を懸けた戦いに参加できるのは、オレたち若者の特権なのだよ。隠居が外から駒を操ろうなど興ざめもいいところだ。これ以上は美貌を曇らせるぞ？」

「…………」

紅葉さんが、ぎりっと唇を噛んだ。

両腕を組んで、トントンと厚底のサンダルで地面を叩く。うつむいた顔は、帽子の広いつばで隠れて窺い知れない。

一瞬、その鋭い瞳が、向こうに停まるお兄ちゃんの愛車を見据えた。

そして諦めたようにため息をつくと——パンッと手を叩く。

顔を上げたとき、紅葉さんはものすご～く不機嫌そうに唇を尖らせていた。

「や～めた」

そしてツカツカとお兄ちゃんの車に近づくと、ガンッとそのドア部分を思い切り蹴とばした！

運転席のお兄ちゃんが飛び出してきて、そっちに食って掛かる。

「く、紅葉くん!?　いきなり何をするんだ！」

「余計なことしてくれちゃってさ～。雲雀くん、ずいぶん甘くなったもんだね～？」

「僕は慎司くんと正式な契約を交わしただけのことさ。まあ、きみのやり方は気に食わなかったから、その計画を潰せて気分がいいのは確かだけどね」

「ハァ。これだから理屈屋さんは嫌いなんだよね～。文句言いたいから、早く涼しいところ連れてって～」

そう言って、さっさと助手席に乗り込んでいった。

窓から手を伸ばして、こっちに大きく振る。

「じゃ、今日は解散！　バイバ～イ！」

「えー……」

お兄ちゃんはバツが悪そうな顔をして、運転席に乗り込んだ。なんか揉めてる感じだけど、結局はエンジンをかける。

その車を見送ると、アタシと悠宇は顔を見合わせた。

「……悠宇。これって一件落着？」

「そ、そうなのか……？」

真木島くんが笑った。

「ナハハ。紅葉さんが商談と言った以上、金を払った時点でお終いだ。それより二人とも、ずいぶんと見せつけてくれるではないか？」

そういえば密着してたのに気づいて、バッと離れる。背中合わせで、ちょいちょいと髪とかを直した。

「いや！　その前に、あのお金ってどういうこと⁉」

「アレか？　雲雀さんと契約をして借りたと言っただろう？」

「その契約ってのが意味わかんないんだけど！　あんな大金が絡んでんだよ⁉」

「それを知る必要はない。あくまで個人的なやり取りだからな」

そう言って、扇子をバッと広げる。

「さ、それよりも無事に外敵を排除したのだ。ここは千両役者たるオレを崇め奉るために打ち上げといこうか。もちろん日葵ちゃんのおごりだ」

「はあ⁉　なんでアタシがきみにおごらなきゃいけないの！」

「誰のおかげで助かったと思っておる？　この借りはでかいぞ。今後一切、日葵ちゃんはオレには口答えできんなァ。ナハハハハ！」

「えのっち！　幼なじみでしょ、どうにかして！」

助けを求めたえのっちは、ぐっと両手を握った。

「わたし、打ち上げはジョイフルがいい」

「めっちゃ前向きだー⁉」

ファミレス行きが決定して、二人はさっさと歩いて行ってしまう。

その後姿を見ながら、アタシはがっくり肩を落とした。なんでだー。なんか助けてもらったはずなのに、妙に納得いかない感じ……。

悠宇の自転車を拾うと、慌ててえのっちたちの後を追う。アタシがぷりぷり怒っていると、悠宇が肩をポンと叩いた。

「まあ、しょうがねえだろ。実際、すげえ助かったわけだし」

「悠宇は真木島くんに甘いよなー。あんなやつと仲良くしてると、いつか痛い目見るよー?」

「確かに、中学のときやらかしたことは褒められないけどさ。でも、こうやって助けてくれたわけじゃん。やっぱり、昔の嫌なやつのままってわけじゃないいんじゃないか?」

「ハァ。悠宇は危機管理能力が低いんだよ。やっぱりお店を持つなら、アタシがちゃんと見ててやんないとダメだよなー?」

するとと、悠宇が立ち止まった。

アタシが振り返ると、悠宇は真剣な顔で告げた。

「俺さ、店を持つ夢を捨てようと思う」

「は？」

最初、聞き間違いかと思った。

思わず悠宇の襟を摑んで食いかかる。

「な、なんでなんでなんで⁉ せっかく紅葉さんが諦めてくれたのに……っ！」

「いや、ごめん。ちょっと待って。言い方が悪かった。揺らすのやめて。寝不足とか走ってきたのとかで、めっちゃ気持ち悪い……」

ガックンガックンと揺するのを止めた。

悠宇は頭を抑えながら、「ううっ」と唸る。

「紅葉さんは諦めてくれたけど、そもそも根本的な問題は解決してないと思うんだよ」

「……咲良さんの言ったこと？」

悠宇はうなずいた。

「真木島とか榎本さんが助けてくれたのは、あくまで間に合わせっていうか、応急処置っていうか……。そもそも今回の原因って、俺のクライアントへのスタンスだったわけじゃん」

「そ、それはアタシだって……」

「日葵の気持ちは嬉しいけどさ。でもやっぱり、一番甘えてたのは俺だよ。四月からこっち、ずっと咲姉さんはそのことを伝えようとしてくれてた。でも、それを自分の都合のいいように解釈したのは俺の罪だ」

そう言って、唇を噛んだ。

「確かに俺は器用じゃないし、夢も恋も全部欲しいってのは無理だ。それを通そうとした結果、今回みたいなことになったわけだし」

気まずそうに視線を逸らす。

「何がいけなかったのかなって考えたとき……その夢に縛られすぎてたのがいけなかったんだと思った」

「……アタシたちの夢が悪いって言いたいの？」

悠宇は首を振った。

「『30までに店を持つ』ってのは、あくまで中学までの俺たちが描いた夢だった。そんなガキが描いた夢を実現しようってのが、そもそも間違ってたんだ」

「そんなことない！　アタシたちの夢は間違ってなんか……」

アタシの言葉を遮るように、悠宇が続ける。

「日葵。そういう意味じゃない。中学生の狭い視野で描いた夢ってのは、どうしても夢自体の幅が狭くなってしまうってことなんだ」

悠宇は拳を握った。

「狭い夢を叶えることにこだわりすぎると、それ以外の全部を見失ってしまう。小学生のあの日、榎本さんと見たハイビスカスに心を奪われたときの気持ち。純粋に、この美しさを誰かに届けたい、この気持ちを永遠にしたいって目標。……咲姉さんが怒ってくれたのは、俺が初心を忘れてたからだと思うんだ」

その言葉が熱を帯びていく。その瞳は、爛々と輝いていた。

見覚えがあった。

……中学の頃、初めてお花の世話をする悠宇を見たとき。あのときも、悠宇はこんな眩しい顔をしていた。

この悠宇の周りが見えなくなるようなまっすぐさに、アタシは胸を打たれたんだ。

「狭い夢を追ってたら、クリエイターとしての器も狭くなって当然だ。それなら、俺はもっと広い夢を追う。金さえ積めばなんとかなる夢じゃなくて、金でも買えないものを手に入れられるクリエイターになりたい。店を持つのは、その途中でついでにクリアする課題の一つにすぎないんだ」

ついでと言い切った。

アタシがあんなにこだわってたことを、こんなに簡単に言い捨てた。

それなのに、不思議と嫌じゃなかった。アタシは胸が熱くなるような気がした。気が付けば胸元をぎゅっと握りしめていた。

「夢も恋も店も全部が欲しいっていうのは、きっと大人から見たらものすごく我儘なことなんだと思う。でも、それを納得させられるような強い自分を目指すのは俺の勝手だ。今度は、咲姉さんに負けない。紅葉さんにも馬鹿にさせないし、雲雀さんにも心配かけさせない。日葵が自分を犠牲にしなくても、ちゃんと立てるクリエイターになる」

アタシの返事なんて決まってるとばかりに、悠宇は楽しそうに微笑んだ。

「だから、店を持つまでじゃない。俺の我儘を、ずっと隣で見ててくれよ」

うっと口ごもった。

慌てて顔を逸らして、熱くなった頰を誤魔化すように言い返した。

「……恥ずかしすぎでしょ。バカじゃん」

アタシが両手で口元を隠してうーっと唸っていると、悠宇はわざとらしく口癖を真似しながら笑った。

「ぷはーっ。日葵って、けっこうストレートに反撃されるの苦手な」

「う、うるっさい！　アタシがメンタル参ってるからって、余裕ぶっこくのダメ！」

悠宇は笑いながら、ポケットに手を入れた。

「日葵。忘れ物」

「あっ」

その手にあるのは、あのニリンソウのリング。

反射的に伸ばしかけた手を、アタシは直前で止める。

（これは、アタシと悠宇の友情の残骸だ……）

これを手にすれば、またアタシは『親友』になってしまう気がするから。

アタシがためらっているのを見て、悠宇は気まずそうに頭をかいた。

「日葵さ。まだ榎本さんのこと気になる？」

……そりゃ、そうだ。

さっきのはあくまで、アタシと悠宇のビジネスとしての再契約みたいなもの。もう一個のほうは、なあなあのまま保留されてる。

そのままでも、いいんだけどさ。

でも、そこに決着をつけてもらわないと、アタシはきっと先に進めないから。

「アタシたちの関係、これまでと同じ？」

短い問いかけに、悠宇の顔が強張った。

それから「うーん……」とか「あー、でもなあ……」と唸っている。あからさまに挙動不審な態度に、アタシは首をかしげた。

「……悠宇。どうしたの？」

「いや。その、大したことじゃないっていうか。……くそ。なんか変な空気になっちゃったな。もう普通に言って渡せばよかった」

なんだろう？　さっきまでのクソ恥ずかしい台詞はＯＫのくせに、妙に照れくさそうにしている。悠宇は深呼吸すると、腹をくくるようにリングを握った。

「……元々、あのとき俺がチキったのが原因だしな」

そうつぶやくと、アタシの手にチョーカーを握らせた。

「このニリンソウのリングさ。まだ日葵に言ってないことあるんだよ」

「え？」

アタシはそれを手にすると、眩い太陽にかざしてみた。ニリンソウのプリザーブドフラワーで作ったニリンソウのミニチュアが浮いている。その淡い色合いの中に、一つ、茶色の三日月型のお花の種がアクセントになっていた。

幻想的で危ういアタシたちの関係のようなリング。


「この花の種のことなんだけど……」

悠宇はもったいぶった感じで、その先を告げた。


ふと、思うことがある。

きっとアタシたちは、死ぬまで同じようなことばかり繰り返すんだろうなって。

互いの心をわかったふりをして、でもわかってなくて。

言葉にしなきゃわからないこともあるって知ってるくせに、それでも世界で一番相手のことをわかっているって変なプライドに縛られて失敗する。

アタシたちは、最初に赤ではない糸で繋がってしまった二人だから。

それを丁寧に塗り替えていくのは、きっと時間のかかることなんだと思う。

アタシはきっと、誰より罪深い。

そんなアタシと運命を共にしてくれると言うなら、アタシはもう絶対に離れない。

アタシたちは親友だった。

同じ夢を見て。
同じ希望を追って。
同じ思い出を積み上げて。
同じ失敗を繰り返してきた。

でも、これからは親友じゃない。

アタシたちの夢の花は……この恋の罪の上に咲くから。

悠宇。
アタシたちは、今日から運命共同体だ。
二人で同じ罪すら抱いて、この繰り返す春を征こう。

あとがき

咲姉さん絶対に言いすぎだって怖いこの人。

とか思いながら書いてたんですけど、実際この歳になって振り返ると青春時代って貴重だったなーって思いますよね。あの時期にしかできない恋もあれば、あの時期にしかできない夢の追い方も絶対にあったと思います。どっちが正しいということはないんですよ。ただ悠宇くんと日葵ちゃんは、お互いと一緒にいる時間を選んだというだけです。

というわけで最終巻です。嘘です。

七菜です。本巻もありがとうございましたーっ！

本巻はひーちゃんVSリンちゃんの第1ラウンド終了ということで、1、2巻以上に誰得お説教回になってしまいましたね。なので……え？ これで終わりじゃないのかって？ まさかまさか。エグいラブコメを名乗っているのに、こんなに簡単に終わるわけないですよね。

次巻は第2ラウンドの準備も兼ねまして、丸々ゆるーい感じのラブコメ回を一つやらせて頂こうかなーって思っています。あんまりシンドイ話ばかりしてると七菜が疲れちゃいますからね。こういうのってだいたい書いてる本人に刺さるんで。

次巻、夏休みの後半です。おわかりですね？　雲雀お兄ちゃんに着せたい水着の柄とかあったらTwitterとかでドシドシ呟いて頂ければ……え？　そいつじゃない？　なんでや。

以下、業務的な告知になります。

4つあります。めっちゃ多いんですけど、ぜひ最後まで読んでくださいね。次巻への大事な伏線とか忍ばせていますからね。もちろん嘘なんですけど。


その1。

前巻で告知していた二つのコミカライズが始まります。

こちらの『だんじょる？』は、『月刊コミック電撃大王10月号』から連載予定です。今月末に発売予定ですね。七菜は一足先に拝見していますけど、日葵ちゃんに弄ばれる悠宇くんの空気感が非常によかったです。ぜひご覧になってください。

そして『四畳半開拓日記』は、『コミック電撃だいおうじ』にて一足先に連載開始しております。ぴりっとした社会人の空気と、ふわっとしたスローライフの二面性を美しく描いてくださいました。殺伐とした『だんじょる？』の読後に、ぜひほっこりしてくださいませ。

その2。

この『だんじょる?』のPVを作って頂きました。テレビやネットで流れておりましたが、お気づきになりましたでしょうか?

当初、「希望等は?」と聞かれたときに「ぜひイケボで」と答えた結果、凄まじいものが完成しておりましたね。あんなに元気のでるラブコメPVは初めて見ました。

制作に携わってくださいました皆様、誠にありがとうございました。特にPVに命を吹き込んでくださった木村昴様。筆舌に尽くしがたい感動を頂戴し、感謝の念に堪えません。この二ヶ月、気づけばあの歌を口ずさんでおります。

その3。

電撃文庫編集部が運営する『電撃ノベコミ』というアプリで『だんじょる?』の短編を月刊連載させて頂いております。

第一集として、日葵ちゃんとリンちゃんが一年のときのエピソードが載っています。二人がまだ仲睦まじい頃の放課後ガールズ食べ歩き物語(肉食系)ですね。アプリは基本無料ですので、ぜひDLして楽しんで頂ければと思います。

その4。

例年ですと、一年間のベスト・オブ・ラノベを決めるラノベ界の祭典がそろそろ開催される頃だと思います。

もしご投票の際は、ぜひ『だんじょる？』も選択肢に入れて頂けますと幸いです。

引き続き、何卒よろしくお願い申し上げます。


ということで、次巻からの第2ラウンドも走り切れるように頑張ります。

果たして日葵ちゃんの逃げ切りか。リンちゃんの猛追が刺さるのか。はたまた新キャラ登場でハーレム路線に堕ちてしまうのか⁉　因縁発覚で熾烈化する義兄戦争の行方は‼

諸々、乞うご期待！


以下、謝辞です。

イラスト担当のParum先生、担当編集K様、その他、制作・販売に携わってくださる皆様、今巻もありがとうございました。……そして本当にごめんなさい。次こそは……次こそは……予定通り上げるから……見捨てないで……。

では、またお目にかかれる日を願っております。

２０２１年７月　七菜なな

の子と行く、初めての東京旅行――!?

男女の友情は成立する？（いや、しないっ!!）

Flag 4.

七菜なな

イラスト／Parum

電撃文庫

次巻予告

こうして始まった、
悠宇と日葵の新しい関係。
嵐のように過ぎ去った夏休み前半から一転、
ちょっとだけ変わった二人の日常を
穏やかな時間が流れていく。
残りわずかとなった、
高校二年生の夏の思い出を取り戻していた
そんなある日――

発売予定！

まだまだ夏は終わらない！ 初恋のあ
クリエイターとしての経験を積もうと、一人、
羽田空港へ降り立った悠宇を待っていたのは……。
「えへ。きちゃった」
「きちゃったかあ……」
「迷惑をかけたお詫びに～、
ゆ～ちゃんを東京のアクセクリエイターに
紹介してあげる～♪」
紅葉から提案された唐突な『和睦旅行』!?
第4巻 近日

◉七菜なな著作リスト

「男女の友情は成立する？（いや、しないっ!!）
Flag 1. じゃあ、30になっても独身だったらアタシにしときなよ？」（電撃文庫）
「男女の友情は成立する？（いや、しないっ!!）
Flag 2. じゃあ、ほんとにアタシと付き合っちゃう？」（同）
「男女の友情は成立する？（いや、しないっ!!）
Flag 3. じゃあ、ずっとアタシだけ見てくれる？」（同）
「四畳半開拓日記01～04」（単行本　電撃の新文芸）

本書に対するご意見、ご感想をお寄せください。

ファンレターあて先
〒 102-8177　東京都千代田区富士見 2-13-3
電撃文庫編集部
「七菜なな先生」係
「Parum 先生」係

本書は書き下ろしです。

電撃文庫

男女の友情は成立する？（いや、しないっ!!）

Flag 3. じゃあ、ずっとアタシだけ見てくれる？

七菜なな

2021年８月10日　初版発行

発行者　青柳昌行
発行　株式会社KADOKAWA
〒102-8177　東京都千代田区富士見2-13-3
0570-002-301（ナビダイヤル）
装丁者　荻窪裕司（META＋MANIERA）
印刷　株式会社暁印刷
製本　株式会社暁印刷

●お問い合わせ
https://www.kadokawa.co.jp/（「お問い合わせ」へお進みください）
※内容によっては、お答えできない場合があります。
※サポートは日本国内のみとさせていただきます。
※ Japanese text only

※定価はカバーに表示してあります。

ISBN978-4-04-913832-0　C0193　Printed in Japan

電撃文庫　https://dengekibunko.jp/

電撃文庫創刊に際して

文庫は、我が国にとどまらず、世界の書籍の流れのなかで〝小さな巨人〟としての地位を築いてきた。古今東西の名著を、廉価で手に入りやすい形で提供してきたからこそ、人は文庫を自分の師として、また青春の想い出として、語りついできたのである。

その源を、文化的にはドイツのレクラム文庫に求めるにせよ、規模の上でイギリスのペンギンブックスに求めるにせよ、いま文庫は知識人の層の多様化に従って、ますますその意義を大きくしていると言ってよい。

文庫出版の意味するものは、激動の現代のみならず将来にわたって、大きくなることはあっても、小さくなることはないだろう。

「電撃文庫」は、そのように多様化した対象に応え、歴史に耐えうる作品を収録するのはもちろん、新しい世紀を迎えるにあたって、既成の枠をこえる新鮮で強烈なアイ・オープナーたりたい。

その特異さ故に、この存在は、かつて文庫がはじめて出版世界に登場したときと、同じ戸惑いを読書人に与えるかもしれない。

しかし、〈Changing Times,Changing Publishing〉時代は変わって、出版も変わる。時を重ねるなかで、精神の糧として、心の一隅を占めるものとして、次なる文化の担い手の若者たちに確かな評価を得られると信じて、ここに「電撃文庫」を出版する。

1993年6月10日
角川歴彦

ギルドの受付嬢ですが、残業は嫌なのでボスをソロ討伐しようと思います
uketsukejou saikyou
残業回避！
定時死守！
（自分の）平穏を守るため、
受付嬢が凄腕冒険者へと変貌する——!?
第27回 電撃小説大賞 金賞 受賞
ギルドの受付嬢ですが、残業は嫌なので
ボスをソロ討伐しようと思います
冒険者ギルドの受付嬢となったアリナを待っていたのは残業地獄だった!?　すべてはダンジョン攻略が進まないせい…なら自分でボスを討伐すればいいじゃない！
〔著〕香坂マト
〔ill〕がおう